# Retour à Naples

Anne Max Berger

# Retour à Naples

En application de l'art. L.137-2.-I. du code de la propriété intellectuelle, toute reproduction et/ou divulgation de parties de l'oeuvre dépassant le volume prévu par la loi est expressément interdite.

© Anne Max Berger, 2025

Édition : BoD · Books on Demand, 31 avenue Saint-Rémy, 57600 Forbach, bod@bod.fr
Impression : Libri Plureos GmbH, Friedensallee 273, 22763 Hamburg (Allemagne)

ISBN : 978-2-3225-5695-3
Dépôt légal : Février 2025

## *I*

*Dans la cour de l'école pendant la récréation,
j'adorais observer les autres.
Les filles jouaient à la marelle ou avec les élastiques,
papotages et trocs parfois tournaient en éclats de voix;
les garçons s'excitaient avec des billes,
en courses-poursuites et jeux de cache-cache,
bourrades et bagarres.
Je quittais à regret le poste de guet où Lorette
était venue me débusquer.*

## Prologue

Nous avons débarqué toutes les deux chez Marianne et ce fut drôle car elle ne s'y attendait pas. Elle a poussé un cri de surprise en ouvrant la porte et nous sommes tombées dans les bras les unes des autres, toutes aussi émues. Maïa était impatiente de lui annoncer que nous avions décidé d'aller à Naples. Après plusieurs mois, je revoyais mon amie dans sa réalité quotidienne, qui préparait le repas du soir, le tablier bien noué autour des hanches. Jacques était au bureau, les garçons en classe. Marianne a couru vers la cuisine et a ramené du thé et des biscuits de sa confection. Elle a demandé : « Pourquoi Naples ? », Maïa a répondu simplement : « Pourquoi pas ? »

C'est elle qui me l'avait proposé, elle était venue me chercher dans le Berry et elle m'avait invitée à l'accompagner, sans avoir dû déployer beaucoup d'efforts pour me convaincre. J'étais prête à quitter ma thébaïde après plusieurs mois de recherches pour rassembler des bribes de la vie de mon grand-père, fauchée par la guerre ; j'avais reconstitué l'histoire familiale, j'avais surtout renoué des liens avec mon père. Maïa n'avait pas vraiment justifié son projet et nous avions aussi besoin de nous retrouver, ma fille et moi.

Nous n'en avions pas parlé et il n'était pas encore question de le proposer à Marianne mais elle a évoqué son

voyage de noces avec Jacques, vingt ans auparavant, et la discussion a pris une autre tournure. Maïa s'est exclamée : « Tu connais déjà Naples ? Il faut que tu viennes avec nous ! » Marianne s'est levée d'un coup, a failli renverser sa tasse en bousculant la table, elle semblait hallucinée, submergée de joie mais elle s'est aussitôt récriée :
— Trois mois ? Vous n'y pensez pas ! Lorette, tu sais bien que c'est impossible, une autre fois peut-être.
Elle avait son ton plaintif presque machinal et j'ai compris qu'il ne fallait pas lui laisser le temps de reprendre ses esprits. J'ai affirmé, catégorique :
— Il n'y aura pas d'autre fois, et tu auras toujours de bonnes raisons de ne pas venir.
J'avais vu ses yeux briller et je savais qu'elle en avait envie. Tout à coup il me semblait impossible de partir sans elle, je voulais partager ma renaissance, accomplir avec elle ce tournant du destin. Nous serions ensemble des exploratrices, des conquérantes d'un nouveau monde.
Quand Maïa lui a demandé ce qui l'empêchait « réellement » de partir, elle a explosé : « Vous le savez très bien, ils s'appellent Thomas, Charles et Victor et de plus, je ne vois pas l'utilité de ce voyage pour moi ! » J'ai glissé perfidement :
— Est-ce qu'on doit toujours accomplir des choses utiles ?
Marianne n'a jamais eu de répartie. Et elle était trop bouleversée. Maïa a tenté l'apaisement : « Tu as le temps de t'organiser ».
Je lui ai coupé la parole en lançant un clin d'œil à Marianne :
— Nous ne partons que la semaine prochaine, prends le temps d'y réfléchir, avec Jacques

Je savais que nous ne partions qu'un mois plus tard. Mais elle était vaincue et avait abandonné toute résistance. Pauvre Marianne ! Plus tard, elle nous a expliqué qu'elle avait repoussé de plusieurs jours le moment d'en parler à Jacques. Elle s'inquiétait aussi de la réaction de Charles, son second fils, son préféré, même si elle s'en est toujours défendue.

Heureusement, tout avait concordé, rien ne semblait s'opposer à son départ. Elle avait bouclé sa valise.

# 1

Le train vient de s'arrêter en pleine voie avec un crissement aigu. Un chaos du wagon suspend les pensées importunes qui me persécutaient depuis notre changement à Milan, elles éclatent en gouttelettes qui se collent sur la vitre et effacent d'un seul coup le défilé des champs, des vaches dans les prés, les villages, leurs clochers, les quais de gare sempiternels. Derrière la fenêtre embuée, je ne perçois plus que les battements de mon cœur et mon trouble grandissant. Maïa a choisi le train « parce qu'on prend le temps d'arriver quelque part ». *Et si nous n'arrivions jamais à destination ?*

J'ai souvent eu le sentiment de ne participer qu'à moitié à ce qui m'arrivait, j'ai toujours suivi Laure depuis notre enfance, c'est elle encore qui m'a poussée au départ. Maïa aussi avec l'intrépidité de sa jeunesse. Je n'ai pas pu cacher l'exultation qui m'a électrisée comme la foudre et propulsée hors du canapé. J'ai aussitôt tenté de me cabrer mais Laure me connaît si bien… Tout s'est emballé. Un piège se refermait sur moi avec la certitude qu'elles m'emmèneraient quoi qu'il arrive. À l'approche de Naples, je dois bien avouer ma faiblesse. J'ai battu en retraite, comme il y avait longtemps.

Le barman repasse avec son chariot de boissons et gourmandises pour faire diversion. Laure et Maïa ont mis au point un jeu : elles interpellent tous les serveurs pour demander *un caffè, un capuccino, un cornetto… per favore*, en pariant que le prochain leur répondra en italien et elles s'efforcent de prononcer ces quelques mots avec leur meilleur accent. Le dernier a répondu en français, comme les autres. La tablette est recouverte de friandises qu'elles ne cessent de grignoter.

— Marianne, ça va ? Tu es pâle. Tu n'as rien mangé.
Maïa a tapoté mon épaule et me tend un biscuit. *Non je ne finirai pas ce sandwich crudités-œuf-mayo*. Je tourne la tête vers elle en amorçant un sourire :
— Non merci, je vais plutôt dormir un peu.

Dans un hoquet, le train reprend sa course lente et avec le roulis, une nausée m'envahit. Je ferme les yeux pour que cesse le vertige. Tout se mêle à nouveau. Des images me reviennent, notre course folle avec Jacques, dans les rues de Naples, sous une pluie battante. Nous sommes arrivés à notre hôtel, essoufflés et trempés, le soleil nous avait précédés, il avait gagné une fois de plus. Et à Ravello, cette douceur inconnue que j'aurais voulu ne jamais voir finir qui se teintait de mélancolie : et si le bonheur était trop grand pour durer. Jacques avait vu passer l'ombre dans mes yeux et n'avait rien dit en m'attirant lentement dans ses bras. Aurais-je laissé quelque chose là-bas ?

Je me rencogne au fond de la banquette et je me réfugie dans le tendre accaparement de notre amour en pleine floraison, niché dans les paysages de la côte amalfitaine.

Depuis longtemps j'ai chassé de ma mémoire les instants où nous n'étions plus dans l'harmonie absolue de ce qui nous entourait, une lumière, des couleurs. Nous sommes si différents. Tandis qu'il est soit actif soit au repos, « on/off », dis-je pour plaisanter, mes pensées sont toujours en mouvement, quoi que je fasse. Je ne renie pas le qualificatif de rêveuse dont sa famille s'est empressée de me gratifier dès notre première rencontre. Cela devint la justification de mes moments de silence ou de distraction et une explication toute trouvée à mon attirance pour la peinture. Jacques l'a découverte après-coup, par une intuition qui l'a conduit à m'offrir un cours de dessin quand j'avais déjà garni les étagères de monographies de peintres et de catalogues bien plus nombreux que les quelques expositions que nous avions vues ensemble. Jacques a d'autres centres d'intérêt mais il a vite compris ma passion et il l'a encouragée discrètement.

Souvent le dimanche, je profite des heures calmes quand tout le monde est occupé, Jacques aime lire, les garçons vont au foot avec leurs copains, je me dirige jusqu'au fond du jardin, j'entre dans la remise que Jacques m'a aidée à transformer en atelier, j'enfile ma blouse tachée, je rassemble les pots, les tubes, près de ma palette, je m'assieds sur mon tabouret haut. J'attends que naisse l'image. Je ne suis plus tout à fait la même.
Je n'ai pas relevé la remarque de Laure tout à l'heure : « Je parie que tu penses à tes fils », j'aurais pu y voir une provocation, elle voulait simplement se montrer compréhensive.

— Oui, bien sûr, un peu, je les appellerai en arrivant.

« Pourquoi pars-tu ? » avait demandé Charles. J'avais pris un ton enjoué et je m'étais contentée de répondre que j'avais besoin de me changer les idées. Et de revoir Naples. Il avait feuilleté l'album de notre mariage, quelques photos que nous y avions glissées de notre premier voyage avec leur père. L'explication était acceptable, il avait compris que Laure m'offrait cette opportunité unique et qu'en me faisant ce cadeau, Jacques serait un peu avec moi. Thomas, l'aîné, avait pris l'air détaché : « Tu vas faire un beau voyage, tu nous enverras des cartes postales ». J'étais surprise de la nuance moqueuse de sa remarque. Victor était venu m'embrasser, il voulait savoir si j'étais heureuse de partir. Je n'avais pas voulu m'avouer chagrine de les quitter, pourquoi en rajouter ? Je devais commencer à les considérer comme des jeunes gens assez grands pour supporter l'absence de leur mère. Jacques avait renchéri : « Je crois qu'on va très bien se débrouiller et je vais libérer un peu de temps pour en profiter, entre hommes ». Victor avait remarqué : « Et vous, vous serez entre filles ! »

*Pourquoi part-on ?* Laure et Maïa n'ont pas de but précis mais elles ne laissent personne derrière elles et elles sont à nouveau ensemble. C'est mon premier voyage loin des miens, je n'ai ni de bon motif de quitter ma famille, ni de vraie raison d'aller à Naples, une simple occasion m'est offerte. Et Jacques a tout fait pour faciliter mon départ, nous avons à peine parlé d'argent. Il s'agissait de « vivre à la napolitaine », selon Maïa et l'appartement nous était prêté contre une contribution symbolique. J'avais attendu une objection mais il n'en avait aucune. J'avais fini par demander : « On dirait que mon départ te fait plaisir ? »

Il avait hoché la tête avec un sourire mystérieux et m'avait avoué qu'il se demandait depuis un certain temps quand je réclamerais plus de liberté :
— Tu ne pars jamais, ça te fera du bien, j'espère que tu vas en profiter, de toute façon, je ne peux pas t'accompagner et ainsi, toi et moi, nous prendrons un peu de recul.

J'avais sursauté sans vouloir l'interroger sur ce que cela signifiait exactement, il n'utilise jamais cette expression, il sait que je l'exècre ; ensuite il n'y a plus qu'à « reprendre sa liberté » puis à « refaire sa vie ». Comme si on pouvait tout effacer, s'oublier et tout recommencer. Est-ce ce qu'il veut maintenant ?

Le train nous éloigne, j'ai emporté mes questions avec les guides de voyage et les prospectus que j'ai exhumés du tiroir où nous les avions jetés au retour de notre voyage de noces. Les semaines, les mois, puis vingt années ont passé sur ces trésors oubliés ; je les ai confiés à Laure et Maïa en montant dans le train.

Je les observe toutes les deux, riant et bavardant sans relâche, l'irritation me gagne, elle va toujours de pair avec mon appréhension de ce qui pourrait se passer. Laure n'a rien remarqué, elle est plus excitée encore que sa fille qui brandit une poignée de vieux billets d'entrée dans les musées, restés au milieu du fouillis : « des reliques ! ». À vingt-deux ans, Maïa garde les joues pleines de son visage d'enfant et son innocence triomphante fait écho à ma joie inavouable de quitter ma famille et mes regrets coupables. On laisse toujours quelque chose derrière soi.

Mes yeux se posent sur la consigne sous la fenêtre : « È pericoloso sporgersi ». *Est-ce dangereux de venir jusqu'ici ?*

## II

Lorette me tirait vers les autres,
elle avait besoin de bouger,
nous rejoignions le groupe de celles qui sautaient à la corde.
Je n'aimais pas l'exercice physique autant qu'elle,
et encore moins les bousculades,
pendant l'attente que notre tour vienne.
Elle se tenait devant pour se lancer dans le jeu dès que
la précédente aurait lâché la corde à sauter
et elle se mettait à enchaîner les figures,
trois rebonds sur ses deux pieds,
puis sur l'un, sur l'autre, arrière, croisé, décroisé,
de plus en plus vite,
jusqu'au bout de ce qu'elle savait faire,
rouge de plaisir et hors d'haleine.
Je restais prudemment à l'écart,
je dansais d'un pied sur l'autre.
Jusqu'à ce que Laure, rentrée dans le rang,
me pousse du coude. Vas-y, maintenant !
Le brouhaha des voix devenait indistinct
et je me décidais enfin,
comme on se jette dans le vide

## 2

« Napoli ! » A l'arrivée, l'exclamation de Maïa retentit. Les rais de lumière tombent sur le quai depuis les verrières, courent le long des voies, nimbent les trains d'une lueur irréelle. Aveuglée, engourdie du voyage, je suis déjà sur le quai, ma valise à la main. Je n'oublierai jamais leurs deux silhouettes se découpant en haut du marchepied, leur jubilation évidente, insolente, que je ne partage pas.

Étourdie par le bruit et les mouvements de la foule qui se précipite vers la sortie, j'emboîte le pas à Maïa qui sait exactement vers où se diriger. « On y va à pied, ça nous réveillera ! » Cela amuse Laure, je n'ose pas répliquer.

Tout s'accélère jusqu'à notre installation dans l'appartement que Maïa a réservé pour nous. « Une occasion fantastique », nous explique-t-elle sur le trajet. Elle a passé des jours à chercher des adresses, contacter des amis, ils l'ont conseillée ou renvoyée sur quelqu'un qui pouvait mieux l'aiguiller : « Les parents de mon amie Rossella ont hérité d'un appartement à Naples, ils y viennent rarement depuis Milan, ils ne veulent louer qu'à des personnes de confiance et le loyer est très modique ».

Maïa a proposé de quitter le Corso Umberto et le bruit constant de la circulation pour traverser toute la vieille ville et je n'ai rien reconnu. Quelque chose en moi s'y refuse, je suis Laure comme une aveugle son chien au bout de sa laisse rigide, arrimée à la poignée de mon bagage, je m'applique pour ne pas trébucher à chaque pas. Je veux rester concentrée sur ce qui m'a reconduite ici, un souvenir, un rêve. Peut-être une illusion.

Tout le long de la Via Toledo, l'enfilade des commerces pour touristes, des marchands de glace et de babas, le défilé incessant d'une foule hétéroclite devant des vitrines de fringues de marque internationale, me donnent le tournis. Ma valise s'alourdit, une roulette cède quand je monte sur un trottoir. Maïa esquisse un geste : « Marianne, tu veux de l'aide ? » Les genoux flageolants, je serre la poignée, piquée au vif : « Ce n'est plus très loin je crois ? » Je tente d'allonger le pas, hypnotisée par le léger balancement de sa robe sur les mollets de Laure.

En slalomant dans le lacis de rues du quartier espagnol, nous parvenons enfin jusqu'au pied de l'immeuble et j'éprouve un soulagement en voyant que, comme prévu, un certain Roberto nous attend. Il prend aussitôt mon bagage et celui de Laure, pour emboîter le pas de Maïa, qui grimpe l'escalier étroit et raide tandis que je souffle à chaque palier, j'arrive au troisième étage comme évidée. Laure affiche le calme des moments où elle n'est sûre de rien et s'attend à tout. Les mains dans les poches elle se balance d'un pied sur l'autre et je ne sais pas si elle est satisfaite de se poser après un long voyage ou impatiente de passer à autre chose. Elle s'engouffre dans le salon sur lequel s'ouvre l'entrée sombre, *une clairière dans la forêt !*

La lumière pénètre par trois grandes fenêtres de part et d'autre de la pièce. Dans un état second, j'entrevois la décoration, un peu chargée, des gravures partout sur les murs, une série de reliquaires qui trônent sur une étagère. Le fauteuil au velours vert sapin un peu passé m'offre ses larges bras et je me détends enfin comme si, en visite chez une grand-tante, celle-ci viendrait bientôt nous apporter le thé. Maïa pose son regard aigu sur tout ce qui l'entoure et Roberto semble ravi de lui servir de guide, subjugué par son sourire aux dents éclatantes et son adorable accent. Elle s'assure que nous la suivons. « Les photos ne rendent jamais tout à fait compte de l'ambiance et c'est encore mieux en vrai, non ? » Elle a aussitôt choisi la chambre dont la porte, peinte couleur café, annonçait un décor sobre dans un camaïeu de beiges et crème. Laure s'arrête dans la chambre jaune, la plus petite, elle a repéré le lit d'acajou recouvert d'un couvre-pied au crochet et le fauteuil en osier au dossier haut en forme de soleil. J'entre dans la chambre suivante sans rien distinguer du décor et je m'écroule sur le lit, au milieu des coussins, laissant tomber mes chaussures, sans même enlever ma jupe. Je bascule dans le bleu qui m'enveloppe, des murs au mobilier, d'outremer à gris bleuté, *la mer et le ciel réunis*, et quelques touches de blanc, un vase, une lampe, *une mouette, un bateau,* ma dernière vision.

À mon réveil, je suis stupéfaite de remarquer, sur une étagère au-dessus de moi, une collection de polichinelles, calés les uns contre les autres, qui me tirent de ma somnolence. Je n'ai aucune idée de l'heure, je n'entends que des chuchotis derrière la porte que j'ouvre brusquement.

Laure m'accueille avec un large sourire : « Ah Marianne, te voilà, comment te sens-tu ? »
— Beaucoup mieux, j'ai eu un gros coup de fatigue je crois.

Je garde pour moi la sensation de pesanteur après cette heure de sommeil agité, je balaie le rêve poisseux dans lequel je pataugeais. Je tentais de rattraper Laure et Maïa dans un labyrinthe obscur, elles m'entraînaient dans des ruelles aux murs couverts de graffitis bigarrés, d'affiches déchirées, lèpre suintante, bavures, coulures ; des détritus s'amoncelaient dans les rigoles ; au-dessus de ma tête, tournoyaient dans une lueur fantomatique d'un gris laiteux, des cartes postales, des effigies de saints, des tableaux religieux, des masques grimaçants. À mon passage, une vierge tendait des mains lumineuses, elle posait un œil fulgurant sur moi, elle répétait en litanie : *où cours-tu ?*

Je prends la coupe de *spumante* que m'offre Laure, nous prolongeons la conversation dans le pétillement des bulles et des rires.

Quand je lance que nous allons pouvoir établir notre programme, Maïa se met à bailler : « Oh là, les grands mots, on pourrait parler de ça demain, non ? »

Je n'ai pas envie d'attenter à leur félicité et je sais maintenant : je fais serment à Jacques de retourner sur nos traces, sur les chemins que nous avons empruntés ensemble, d'éprouver à nouveau la force de notre amour.

Ce voyage sera un pèlerinage.

## 3

Dès le premier matin, ragaillardie par ma promesse secrète à Jacques, j'ai annoncé que j'avais préparé ma liste, des musées, des églises et je voulais découvrir la Campanie, contempler le Vésuve, « et bien sûr nous irons à Pompéi et sur la côte amalfitaine ». Maïa, encore ensommeillée, venait de s'installer à la table de petit-déjeuner, vêtue d'un tee-shirt informe :

— Bien sûr... et tu commences par quoi ?
— Je ne sais pas, je pensais qu'on déciderait ensemble.
Laure n'a pas levé les yeux. En attendant que la cafetière italienne se mette à bouillonner, elle ouvrait le paquet de biscuits devant lequel une petite carte avait été posée : « De la part de Rossella ». Elle avait un besoin « urgent » de temps, elle voulait se dégourdir les jambes après ce long voyage et elle n'avait aucune envie de se précipiter dans les musées : « Aujourd'hui j'irai repérer le quartier et acheter quelques provisions. Demain ? On verra bien ».
Maïa a renchéri :
— J'adore me perdre dans une ville, c'est une bonne manière d'apprendre à la connaitre. Et nous avons chacune une clé, on se retrouve quand on se retrouve.

Elle a toujours été habile pour nous mettre d'accord, sa mère et moi, coupant court à une chamaillerie, ou se plaçant sous mon aile pour contourner une interdiction maternelle. Laure ne réagit pas, elle sait que mes contrariétés sont de courte durée et nous sommes d'accord, elle et moi, pour préférer ignorer que je suis déconcertée par ma nouvelle liberté. À chacune de se débrouiller et de prendre possession des lieux à sa manière. J'ai préféré les laisser en tête à tête.

Ce n'est pas si simple de se remémorer un itinéraire. Je me dirige d'un pas résolu vers le Musée archéologique, en repérage. Je n'ai pas l'intention d'y entrer. Plutôt replonger dans le souvenir d'une des visites que nous avons faites avec Jacques. Plus tard, j'irai explorer ce que nous n'avons pas eu le temps de voir ensemble, je lui en rapporterai le récit et quelques photos, en trophée. Je ralentis le pas, pour prolonger le plaisir, jusqu'à me rendre compte que je tourne en rond. Je me suis orientée sur ce que je croyais reconnaître du parcours : un ex-voto, une statue sur une placette, un café, jusqu'à une impasse et maintenant des palissades bariolées barrent le passage, faut-il aller à droite ou à gauche ? Je suis revenue sur la place où Dante montre la voie, tournant le dos au décor en trompe-l'œil qui semble clore la place mais ouvre à son extrémité vers le quartier historique où je me suis perdue. *Voici le purgatoire* après ce dédale infernal. Je dois rebrousser chemin, contrainte de sortir le vieux plan auquel j'avais mis un point d'honneur à ne pas recourir.

Toute ma crânerie mise à bas, je dois pourtant m'y référer scrupuleusement pour rentrer et je me précipite dans ma chambre pour éviter les questions de Laure occupée dans la cuisine. Pour tout déjeuner je me suis contentée d'une pizza frite, achetée à un marchand ambulant.

Je me sens comme un chaton qui serait allé trop loin de son panier et y revient pour se calmer en léchant sa queue ébouriffée. J'aime mettre de l'ordre dans mes affaires, j'aime la discipline et la satisfaction du devoir accompli qu'elle me donne. Ma vie est ainsi réglée par ma condition de mère au foyer, cela m'apparaît crûment : mon temps ordinaire est rythmé par les allées et venues de Jacques et de nos fils. Je m'assure au quotidien que personne ne manque de rien, je fais en sorte que chacun d'eux ait plaisir à rentrer de l'école ou du bureau. Je m'organise pour être disponible à chacun, quand Jacques rentre exténué d'un déplacement, si nos fils veulent recevoir leurs copains. Je rencontre leurs professeurs, j'accompagne Thomas dans un salon de l'étudiant ou pour chercher un stage et j'emmène Charles et Victor à leurs activités. J'apprécie ce moment d'échange avec l'un ou l'autre et j'en profite pour aller au supermarché. C'est moi qui prévois nos sorties familiales, un pique-nique en forêt, le ciné du dimanche, sans oublier les vacances. Sans oublier notre vie de couple : j'invite nos amis quand il est libre, j'adore les étonner. On me complimente sur ma cuisine, sur l'agrément de ma maison. Jacques et moi n'avons jamais remis en cause notre façon de vivre, cela n'a jamais été discuté et je suis fière de voir grandir mes fils, harmonieusement je crois. Laure me raille parfois mais elle envie mon énergie et elle salue mon efficacité mise au service de ma famille. « Je n'ai pas ton sens du sacrifice »

Nous nous connaissons depuis si longtemps que je sais qu'elle ne me juge pas, à peine regarde-t-elle mon mode de vie avec une certaine condescendance. Cette famille que nous avons fondée avec Jacques est le prolongement de notre mariage, la preuve de notre engagement mutuel, un sacrement comme on nous l'avait rappelé à l'église.

Je passe l'après-midi à ranger mes vêtements dans l'armoire et à compulser mon vieux guide en cochant les endroits où je veux retourner en priorité. Repenser à ce que j'ai fait avec Jacques me rassure, rien ne peut m'arriver. Après tout, pourquoi faudrait-il toujours « sortir de sa zone de confort » ?

S'en tenir à ce qui doit être fait.

## 4

J'ouvre les yeux dans le noir, je ne sais plus où je suis. Il me faut un moment pour me repérer : *la chambre bleue... Naples* et cette question absurde en voyant clignoter mon radio-réveil : *Quel jour sommes-nous ?* J'ai bien fait de l'apporter, même si cela fait rire Laure : « Mais nous sommes en vacances ! » Parfois nous ne nous comprenons pas. Que signifie « être en vacances » ? Dois-je absolument me reposer ou « changer d'air » ? Le temps creuse un gouffre devant moi. Le visage de Victor s'imprime sur le jour affiché avec cette pensée : *Jacques va-t-il pouvoir l'emmener au judo ?*

Je n'ai pas encore appelé Jacques depuis le lendemain de notre arrivée, je pense à lui et je me sens moins loin. Je préfère qu'il ne me raconte pas leur organisation. J'ai envoyé un ou deux messages brefs, Jacques me répond : « Tout va bien, ne t'inquiète pas, profite bien de ta journée... » Être à Naples me ramène à ces jours délicieux où nous improvisions, dans un intense sentiment de liberté, nous n'avions pas le temps de tout voir et nous n'étions pas là pour parfaire notre culture. Les promenades au grand air et la visite rapide d'un musée le matin avaient pour effet d'exciter nos sens impatients et les après-midi se passaient surtout dans notre chambre d'hôtel. Les fenêtres grandes ouvertes, nous frissonnions dans l'air chargé d'embruns, nos corps avides embrasés dans l'oubli de nous-mêmes, sans souci du retour. Nous avions tout le temps devant nous et les soirées délicieuses succédaient aux jours pleins. Naples, telle que je m'en souviens, était l'écrin de notre bonheur neuf, un rêve dont nous n'aurions jamais voulu nous éveiller. Au musée de Capodimonte, nous venions surtout admirer les œuvres de la Renaissance, les Raphaël et les Botticelli. Nous nous étions extasiés devant les saisissants portraits de Titien, les regards inquiétants de ceux qui passent leurs jours à conspirer, le pape Paul III et son air machiavélique aux côtés de ses neveux intrigants. Après deux heures, Jacques avait refusé d'aller plus loin : « Tu n'en as donc jamais assez ! »

Je suis mon programme, tant pis pour Laure, je l'ai à peine vue pendant ces premiers jours car elle était encore au lit quand je sortais de bonne heure. *Comment peut-on préférer la grasse matinée quand il y a mille endroits passionnants ?* Elle ne comprend pas mon irrépressible besoin de mettre mon plan à exécution.

Je me lève tôt pour profiter de la fraîcheur du matin au début du printemps, la ville s'étire et bruisse déjà de l'activité de ses habitants, dont l'entrain me surprend. Le dépaysement rend tout étrange. Des passants traversent brusquement la rue, s'interpellent, semblant courir vers l'aventure. Les commerçants ouvrent leurs portes, déballent leurs éventaires, avant qu'arrivent les chalands. Des chiens reniflent les poubelles. C'est l'heure où on ne les chasse pas. Plus tard, les touristes, italiens ou étrangers, se presseront dans ce quartier pittoresque d'où l'on gagne très vite les principaux centres d'intérêt touristique alignés au cours des siècles le long de *Spaccanapoli*.

Je m'éloigne de la foule petit à petit pour gagner le château de Capodimonte, je longe les murs qui protègent ses jardins et c'est un havre qui s'ouvre avant de pénétrer dans le château où est installé le musée. Je prends une grande bouffée d'air avant d'aller d'abord contempler les quelques toiles intimistes peintes par Élisabeth Vigée-Lebrun à la demande de la reine Marie-Caroline. J'ai toujours admiré la transparence de ses pastels, la finesse et la sensibilité de ses portraits. Au-delà de l'académisme qui fige ses personnages dans des postures protocolaires, je vois dans la délicatesse de son art une attention à ses sujets, un souci du détail, qui m'inspirent pour nuancer mes paysages, même mes natures mortes.

J'avance à travers les innombrables salles du palais en évitant de m'arrêter devant chaque chef-d'œuvre, jusqu'au salon d'apparat, grand comme la salle des fêtes d'un village. De là, on peut contempler les jardins et le *Real Bosco*\* en traversant l'antichambre. J'imagine Élisabeth, installée devant son chevalet, bavardant avec ces illustres personnages pour qu'ils oublient le temps qui passe tout en s'efforçant de fixer sur la toile leurs failles et leurs misères. S'effacer derrière eux, n'est-ce pas le propre du portraitiste, et sa plus grande difficulté ? L'humilité que je lui prête, malgré son immense notoriété, a permis qu'une femme vive de son art jusqu'à plus de quatre-vingts ans. Je suis un peu déçue, la reine Marie-Caroline et ses enfants posent un regard absent sur des vitrines de biscuit, cette délicate porcelaine. Élisabeth Vigée-Lebrun a répondu à la commande, conformisme et nostalgie d'un monde qu'elle-même craignait de voir disparaître en fuyant la Révolution française. Je ne m'attarde pas.

Je déambule au hasard des dizaines de galeries qui se succèdent, en cherchant la sortie. Soudain, au détour de l'une d'elles, je reçois un coup de poing à l'estomac : au milieu du mur, dans une salle que le tableau occupe tout entière, la *Flagellation du Christ,* telle que la représente Caravaggio, figure bien davantage qu'un épisode de la Passion, parmi les moins spectaculaires. Il est la représentation de la douleur humaine, souffrir et faire souffrir, comme s'y appliquent les bourreaux, une vision du destin de l'homme plus encore qu'un moment de la vie du Christ. La scène n'a rien de stylisé, elle est crue et très réaliste : trois hommes s'assurent que les liens qui entravent le Christ, déjà « couronné » sur le poteau où il sera bientôt fouetté, soient bien serrés et les verges cinglantes. Captif, il va subir les outrages, les huées et les crachats des badauds. Il n'est pas question de se demander si ces hommes chargés de la basse besogne savent ce qu'ils font ou pourquoi. Le travail sera bien fait. Le peintre a beau nous aveugler en faisant la lumière sur ce qu'il est convenu de voir, nos yeux tentent de percer l'obscurité et ce qu'ils voient c'est la violence des hommes autorisés à l'exercer contre celui qui ne peut s'en défendre. Entre le clair et l'obscur, entre la rue et le ciel, entre le peuple et les saints, la ferveur et la transgression, qu'a dit Caravaggio de son temps, de sa propre foi, de ses fautes ? Son *chiaroscuro* est un trompe-l'œil et sa touche de peinture lumineuse, un projecteur sur un invisible au-delà du message de la Passion.

J'erre sans plus de boussole dans le dédale du musée et je reviens au pied de la Madone de Da Nola agenouillée sur un socle, je me réconforte dans la pure bonté qui émane de sa statue de bois.

La cafétéria est fermée, j'ai la tête qui tourne et je furète dans mon sac à la recherche d'un paquet de gâteaux secs que j'emporte toujours par précaution. Je parviens sur la terrasse, il fait chaud et une légère brume voile le volcan paisiblement assis sur l'horizon. La fatigue assombrit mon humeur. Est-ce l'absence de Jacques dont je n'ai pas de nouvelles depuis plusieurs jours, le sentiment de notre amour endormi, notre jeunesse enfuie ?

« Tu ne fréquentes que des églises et des musées, tu devrais te changer les idées ! » m'a lancé Maïa en courant vers un rendez-vous. Elle est toujours très directe et Naples lui sied, elle est joyeuse et pleine d'allant, aussi à l'aise que si elle était chez elle. Je songe qu'Élisabeth Vigée-Lebrun n'était pas tranquille à Naples, qu'elle qualifie dans ses Souvenirs de « lanterne magique ravissante » mais « où tout ce qui habite les lieux d'alentour vit dans l'attente ou d'une éruption, ou d'un tremblement de terre ». Elle ne s'y est pas vraiment plu et on l'attendait déjà à Saint Pétersbourg où elle a passé six années au service de la cour de Catherine II, témoin fidèle d'un temps où tout bascule. Peut-il y avoir vies plus dissemblables que celle d'une femme peintre, adulée et réclamée par toutes les Cours d'Europe et celle de Caravage, l'artiste au génie survolté, mort dans des conditions sordides et mystérieuses, à l'issue d'une vie de dissipation et d'errance, chassé par l'Église et resté méconnu jusqu'au XIXe s. ?

    Je rapporte du Musée un petit carnet dont la couverture porte la vierge de bois de Giovanni da Nola, les yeux mi-clos, elle se tient la main sur le cœur, dans la révélation de l'Annonciation. J'y consignerai ma moisson du jour. Caravaggio ce soir me renvoie à mes chimères. Peindre. Atteindre cette force d'expression.

## 5

Au moment où je vais me préparer un café, la porte d'entrée s'ouvre, à la manière singulière dont Laure pousse le battant, les bras chargés, le coude sur la poignée. C'est toujours elle qui fait les courses, cela s'est fait ainsi, sans que personne le décide. Depuis deux semaines, elle a refusé chaque fois l'aide que Maïa ou moi lui avons proposée. Elle veut s'en occuper ainsi que des repas : « C'est logique non ? »

Je m'approche de la cuisine où elle range les dernières provisions de fruits et légumes. Elle ne m'a pas entendue et je l'observe à la dérobée dans l'entrebâillement de la porte. Elle chantonne un de ces airs typiques qu'on entend en boucle dans les magasins pour touristes sans vraiment les identifier. Elle est vive et délicate, efficace sans être brusque. Elle plonge les bras dans le panier avec de grands mouvements pour en sortir les fameux *friarielli*, les brocolis en feuilles, des aubergines, une botte de radis, deux magnifiques salades, des oranges qu'elle distribue entre le bas du placard et la corbeille sur le buffet.

J'admire ce ballet auquel elle se livre et dont elle n'a pas conscience. Laure ramène une mèche de cheveux sous son peigne, elle s'étire en baillant et se lave les mains. Quelque chose a changé en elle, comme un supplément de grâce. Ses cheveux libres sur les épaules ? Sa nouvelle robe de coton frais, semée de bleuets et de coquelicots, avec un collier assorti en pâte de verre ? Elle est pimpante. Primesautière. Mon amie a toujours été jolie, fine et élégante, beaucoup plus belle que moi, c'est évident en voyant les dizaines de photos qui ont été prises de nous deux depuis notre enfance. Elle réapparaît dans l'encadrement de la porte et sursaute en me voyant : « Oh, tu m'as surprise… c'est rare de te croiser ici à ce moment de la journée ! Je reviens du marché de la Pignasecca. J'ai laissé Maïa là-bas, elle avait rendez-vous après le déjeuner ».

Elle parle en se tournant vers moi de temps en temps tout en continuant à ranger. « Nous sommes allées manger à la poissonnerie, il restait deux places. Et une fricassée de poulpes, que nous avons partagée, un délice. Je me sens revivre, je ne sais pas si c'est parce que je fais des choses simples, c'est sans doute ce qu'on appelle « vivre le moment présent » ! 

Voilà ce qui me frappe chez Laure, sa présence, différente. A-t-elle changé pendant ces mois passés seule dans le Berry ? Elle ne m'en a rien dit et je n'ai pas osé l'interroger. J'ai toujours su sa révolte contre l'antisémitisme ordinaire, qui avait renvoyé son aïeul dans sa Pologne natale, alors sous le joug nazi, sa mort programmée du seul fait d'être né juif, le sentiment d'injustice qui la hantait : il avait choisi la France vingt ans plus tôt, épousé une Française, il s'était enrôlé dans l'armée. Mais il n'avait pas vu grandir ses quatre fils. Qu'a-t-elle vraiment appris derrière la ligne de démarcation et est-ce cela ? Elle parait libérée, plus assurée et surtout sereine. Je lui demande : « Tu te plais ici alors ? Tu ne t'ennuies pas ? »

Elle semble étonnée de ma question et il est vrai que je ne m'ennuie pas non plus mais je vis dans une constante intranquillité, jusqu'au sentiment d'imposture, comme si je n'avais pas mérité d'être ici.

— Au contraire, je m'amuse beaucoup, je suis enchantée de ce changement de décor.

Je suis déjà passée Via Pignasecca, en montant vers le Castel Sant'Elmo. Quelle profusion dans ce marché à ciel ouvert et quelle animation ! Les étals exultent de mille couleurs et les maraîchers s'époumonent pour attirer le chaland de leurs fortes harangues. Badauds et commères du quartier se jaugent en prenant leur place tout en soupesant de l'œil la qualité des courgettes et des poivrons. Le marchand leur fait vite comprendre que c'est lui qui sert. J'ai observé le jeu des ménagères, à Naples comme ailleurs, à l'affût du meilleur prix, de la plus belle tête de lotte, des crustacés frétillants, et devant les boutiques de charcuterie, la queue des clients salivant déjà à la vue des saucisses et des jambons affriolants. Remplissant les vitrines, les pâtes font assaut de coquetterie dans leurs paquets brillants aux étiquettes dorées sous des ribambelles de fromages aux noms chantants, *provolone*, *burrata*, *pecorino*, *scamorza*, suspendus comme des lustres.

Je ne sais rien d'autre des faits et gestes de Laure depuis notre arrivée. Comment s'occupe-t-elle quand elle ne va pas au marché ? Je n'aime pas poser de questions et déjà, alors que nous étions adolescentes, elle restait souvent discrète sur ce qu'elle faisait. Elle avait un art consommé de la disparition et on s'apercevait soudain qu'elle n'était plus là.

Je n'ai jamais pris ombrage de ce trait de son caractère, auquel correspondent sa grâce de papillon, se posant ici ou là, sa compagnie légère, quand je me sentais souvent pataude et lente, lui laissant volontiers l'initiative. Enfant, c'est elle qui disait « on joue à la poupée », ou à la marchande, sur un ton qui ne supportait pas la contestation. Plus tard elle proposait : « Ce soir, si on allait au cinéma, j'ai repéré un film » mais la réponse était contenue dans sa question.

Je l'ai vue changer de chaussures en croquant une carotte et elle est partie en glissant un appareil photo dans un petit sac à dos. J'ai regretté que nous n'ayons pas le temps de bavarder et je reste là, en proie à l'irritation et une tristesse qui fait battre mon cœur et monter un sanglot que je réprime. Je me sens exilée, loin de chez moi, loin de moi et incapable d'en parler à Jacques. Notre dernière conversation a été brève, il semblait pressé et j'ai dû garder pour moi tout ce que j'avais sur le cœur, même ma gaieté m'a paru factice, aussitôt gâchée par une anxiété diffuse à l'idée que je prends du bon temps, que je me promène au gré de ma fantaisie tandis que je l'ai laissé seul avec nos fils.

Si j'en parle à Laure, elle risque de balayer mes scrupules d'une phrase tranchante comme un verdict : « On vit dans une époque moderne, tu sais, les hommes qui ont encore besoin de nous doivent se soigner ». La bataille fait rage en moi. Dois-je sans cesse me justifier, suis-je incapable de penser d'abord à moi ?

Je me souviens avec précision de la suite de notre échange, pour l'anniversaire de mes trente-cinq ans, j'avais tenté de rétorquer qu'il ne me manquait rien, que j'assumais complètement mes choix : « Tout le monde ne peut pas aspirer aux mêmes choses ».

— Je sais, mais je me souviens de nos rêves d'adolescentes. Aurais-tu tout oublié ? En revanche tu es très douée pour négliger tes envies, et même pour les nier.
— Et toi, tu fais comme si tu poursuivais les mêmes illusions, mais on doit grandir !

J'avais soufflé les bougies et souri après-coup, car Laure était alors en plein questionnement, sur son métier, sur sa relation avec Paul et même sur ce qu'elle devait à Maïa : être un modèle pour sa fille ou l'empêcher de répéter les mêmes erreurs, prétendre dire ce qui lui conviendrait le mieux ou la laisser décider de ses actes. Alors que Maïa posait déjà un regard affûté sur le monde et avançait sans trop d'hésitations.

Je suis à Naples. Ce n'est plus la ville que j'ai explorée et alors que je devrais remercier Laure de m'offrir l'occasion de ne pas me soucier de ma famille, d'aller vers autre chose, je ne peux m'empêcher de lui en vouloir. Sans Jacques je suis perdue.

**6**

Ce soir je crains d'appeler Jacques, ce qu'il pourrait me dire et ce qu'il ne me dirait pas, je tiens mes mots à distance, et les siens avant mon départ : « Tu ne pars jamais... nous prendrons un peu de recul... » Je repense au trajet interminable pour parvenir jusqu'ici, coincée entre un avant et un après, au milieu de nulle part entre chez moi et une Naples encore improbable. J'ai peur de fondre en larmes au téléphone si je lui dis qu'il me manque. Je m'en veux de ne pas être davantage maîtresse de mes sentiments et je me sens ridicule.

Par un accord tacite, je ne veux pas le déranger au moment où il peut prendre un peu de temps avec les garçons. La dernière fois que nous nous sommes parlé, j'ai attendu qu'il soit assez tard pour être sûre que Jacques ait fermé son dernier dossier car il travaille souvent après dîner, les garçons étaient déjà dans leur chambre et je n'ai pu échanger avec aucun d'eux, même quelques mots.

Jacques a commencé à développer une anecdote de son bureau, une histoire de secrétaire qui osait s'opposer à je ne sais quelle décision de la direction, *au moins une qui est capable de leur tenir tête*. Je prends souvent le temps de l'écouter parler de son travail, de ses soucis, je me risque parfois à donner mon avis. En m'entendant soupirer, il est passé à des choses qu'il supposait m'intéresser davantage parce qu'elles forment notre quotidien. Tout allait bien à la maison. Thomas avait un peu « relâché ses efforts », disait le bulletin trimestriel, mais selon Jacques, « même en année de terminale, il sait évaluer ses possibilités et il saura réagir quand il le faudra ». Charles avait résolu seul un différend avec un autre collégien et Jacques était fier de lui, je pouvais me tranquilliser. Demain il raconterait à Victor une « histoire de Naples », c'est un petit rituel qu'ils ont instauré quand Jacques lui rapporte ce dont nous avons parlé la veille, quitte à improviser un peu : « Je puise dans nos souvenirs, je feuillette un guide de voyages, je brode un peu et l'imagination de Victor fait le reste ». Il avait continué sans me demander ce que je faisais, je n'avais pas eu à lui dire que je n'avais encore rien retrouvé de ce que je cherchais, de ce que nous connaissions. « Ne t'en fais pas, je mets les garçons à contribution, Thomas est opérationnel, il sait utiliser la machine à laver et nous lui confions tous notre linge. Chacun fait sa part ». Croyait-il me rassurer ainsi ? Ce n'est pas parce qu'il est l'aîné que Thomas doit prendre en charge cette besogne. Et que sait Jacques ce que vit Charles, le plus ombrageux de nos fils, celui qui me sollicite le plus quand je suis là ? « C'est pour attirer ton attention » affirme Jacques. Je ne le crois pas.

    Allongée sur mon lit, j'essaie de relâcher les tensions qui me broient les épaules et les tempes. En calmant ma respiration, je reviens en pensée dans ce cloître de Santa Chiara où je déambulais cet après-midi. Tout y est si apaisant. J'imaginais les petites Dames des Pauvres, dans les premiers temps de la congrégation, bruissant de leurs babils menus et du frôlement de leurs robes de toile épaisse au milieu des parterres fleuris. Elles se chargeaient de les couvrir de roses, leur seul luxe dans une vie vouée à l'ascèse et à la nature selon les préceptes de Saint François d'Assise. Nous nous étions promenés avec Jacques au même endroit, entre les bancs et les colonnes de céramiques ornées de scènes champêtres, il y a vingt ans. Nous nous étions demandé si les vignettes de la vie quotidienne illustrées avec tant de minutie donnaient aux Clarisses l'illusion d'être encore dans le monde séculier. Près de mille ans après sainte Chiara, la fondatrice de l'Ordre, le petit cloître bien protégé derrière la basilique figure davantage le jardin d'Éden.

Projetée hors du temps, je jette machinalement quelques traits de crayon dans mon carnet et je laisse passer l'heure d'appeler Jacques. Quand je lui ai parlé de ce voyage, avant même de me décider, il m'a dit avoir remarqué que je passais moins de temps dans mon atelier depuis quelques mois, il m'a interrogée, je suis restée évasive : « un peu de fatigue... » ; et au moment de partir il a formulé une prédiction, presque une bénédiction : « Tu vas retrouver l'inspiration là-bas ». Je ressens à nouveau toute sa tendresse et toute mon ingratitude à son égard. Mais pourquoi lui serais-je redevable de ce voyage qu'il m'offrait comme une juste récompense de mes années de dévouement envers ma famille. Je devrais me réjouir que Laure, rayonnante et insouciante, fasse ce qui m'incombe d'habitude, au lieu d'être écrasée du poids de me sentir frivole. C'est comme si elle avait pris ma place sans m'en libérer. « Pourquoi ? » : on apprend à vivre avec cette question à laquelle personne n'a jamais répondu. « Pourquoi les choses sont-elles ainsi... Pourquoi ne doit-on pas pleurer... Pourquoi le chat est-il mort ? » Les enfants posent ces questions mais les parents ne répondent pas : « Va plutôt jouer... Tu comprendras plus tard... » Eux-mêmes ne savent pas.

J'aimerais que Laure m'accompagne dans un de ces lieux où reviennent la sérénité et un peu de consolation comme une nécessité dont je ne peux tout à fait me déprendre. Jacques n'est pas là et Laure dit : « Tu sais ce que je pense de la culture religieuse ! » Je le sais, oui, depuis qu'elle a cessé de venir au catéchisme, nous avions une dizaine d'années et elle avait soudain perdu tout intérêt pour ce qu'elle voyait désormais comme des simagrées hypocrites et dépourvues de sens alors que je suis toujours sensible aux rites et au décorum, les fastes de la liturgie. Et quand j'ai dit à Maïa que je rentrais une fois par jour dans une église elle a ironisé « Il y en a plus de cinq cents à Naples, tu ne pourras jamais les visiter toutes ». Qu'importe, je m'offre ce point quotidien et l'occasion de méditer en admirant des œuvres stupéfiantes, tableaux et objets de culte, mobiliers de bois sculpté et pavements en marbres qui témoignent de la ferveur à travers les siècles et les styles. Ou de la richesse de leurs commanditaires et de leur révérence craintive devant le Jugement.

Parfois la dévotion prend des formes bizarres qui ne m'avaient pas frappé jusqu'à maintenant. J'ai éprouvé pour la première fois un certain malaise en pénétrant dans l'église de San Nunzio vers la place Dante au hasard de mes pérégrinations. L'image du saint, un mannequin de plastique à la perruque de travers, couché dans un cercueil transparent, m'a paru un canular morbide. Mort à vingt ans de maladie et de mauvais traitements à la fin du XIXe siècle et pour cela canonisé, il représente à tout jamais les pauvres travailleurs qui viendront se réconforter en récitant des prières pour s'inspirer de sa sainteté. Une paroissienne qui distribuait des tracts au fond de l'église me talonnait et m'exhortait à aller admirer les ciboires et autres reliquaires macabres et poussiéreux.

La gêne, jusqu'à l'oppression, m'a fait fuir et n'a cessé qu'une fois arrivée dans ma chambre, elle s'est muée en indignation contre ce qui me paraissait une véritable mystification. Je repensais à ce que me disait Laure des images de Jésus crucifié qu'elle perçoit comme un message cynique et moralisateur. L'affliction et la contrition ne reposent pas sur l'effroi et la répulsion. J'ai toujours préféré la grâce de Marie pour regagner l'élévation spirituelle et le repos de l'âme, je cherche son effigie dans les lieux de prière.

Je partage avec Jacques le goût du recueillement et nous avions aimé la basilique de San Lorenzo, renouant avec sa sobre atmosphère gothique, propice à la méditation, par contraste avec l'inspiration baroque des deux chapelles, témoins du temps où l'Église voulait discipliner ses ouailles égarées. Retour à plus de retenue et de sincérité.

Je quitte le quartier espagnol, certains matins, avec le même sentiment de plénitude, pour grimper jusqu'à la Certosa di San Martino. Le tumulte s'estompe tandis que la rue s'élargit jusqu'aux degrés de la Pedamentina ; cela a beau être l'un des escaliers les plus célèbres de Naples, sa rudesse dissuade certains de l'emprunter. Je ralentis le pas sur la voie escarpée, bordée de terrasses.

Au-dessus des jardins enchevêtrés de citronniers et de mimosas, le ciel s'ouvre sur le quartier assoupi et le silence se fait en moi.

**7**

Maïa entre en trombe dans le salon et je change de position en dégageant mon pied droit coincé sous l'autre cuisse, complètement ankylosé. Je viens de relire pour la troisième fois le même paragraphe du seul livre que j'ai emporté. Des pensées moroses se glissent entre les lignes avec mes soupirs et mes gémissements, l'irrépressible plainte dans laquelle je suis d'humeur à me complaire ce soir.

— Marianne, qu'est-ce que tu lis ? George Sand... La Mare au diable, on était obligé de lire ça à l'école non ?

— Ça me change les idées.

— Vraiment ? on dirait plutôt que tu as un coup de blues. Je te prépare un remontant, ma spécialité, un spritz, avec des glaçons.

— Tu as raison, ça m'a toujours fait l'effet d'un médicament ! D'où viens-tu ?

— Je vais plutôt te parler de Totò*.

Je souris un peu déconcertée : « C'est une devinette ? » Mais elle m'a déjà embarquée.

— Disons un conte, ou beaucoup plus, un mythe. Tu ne l'as pas remarqué ? On le croise un peu partout en ville, il a son buste dans sa rue natale, en redescendant la Salita de Capodimonte et je l'ai revu sur un collage placardé sur un mur, il plastronnait à côté de Pulcinella*, je me suis dit qu'ils devaient plaisanter dès que nous avions le dos tourné en raillant notre façon de nous prendre au sérieux.

La convocation imaginaire de ce personnage rend notre conversation allègre. Il serait venu s'asseoir avec nous pour nous écouter, l'œil tendre, plus perplexe que moqueur. Je devine que c'est l'objectif de Maïa, me détourner de mon humeur chagrine.

— C'était un acteur comique, un genre de Louis de Funès, il paraît qu'ils auraient dû jouer ensemble, mais qui sait si ce n'est pas une légende urbaine ! Si nous avons l'occasion nous irons voir un de ces films. Il a joué avec tous les réalisateurs italiens y compris Pasolini, il était aussi acteur de théâtre, il est plus que célèbre ici, adulé, lui qui a grandi dans un des quartiers les plus populaires.

Tout en parlant, Maïa sirote sa coupe de spritz et je ne vais jamais terminer la mienne.

— Plus tard adopté par son père, le marquis De Curtis dont il portait le nom raccourci mais pas les titres de prince, chevalier, comte et duc qui lui étaient conférés. Il préférait celui de « principe della risata* ». N'est-ce pas romanesque ?

Ses yeux brillent, elle n'a pas de mal à me communiquer son enthousiasme sans réserve pour Naples, qu'elle découvre beaucoup plus vite que moi, telle un jeune chat qui part de plus en plus loin pour élargir le cercle de son territoire. Elle a visité des quartiers dont elle fait sonner les noms que j'ignorais : Forcella, Materdei, Arenaccia... Elle repère des choses qui m'échappent, les collages militants et les graffitis humoristiques parfois empreints de sensibilité artistique, les rituels quotidiens des habitants et leur inventivité sauvage. Maïa a surpris un couple dans la rue : elle imite la femme qui hurlait la liste de courses à son mari depuis le quatrième étage tandis qu'il surveillait la progression d'une boîte à gâteau au bout d'une corde. Le panier qu'elle venait de remonter ne contenait pas tout ce qu'elle avait demandé. *pomodori ! melanzane ! e anche provolone !* Les mimiques se succèdent sur le visage de Maïa, elle joue la surprise de l'une, la confusion de l'autre et l'agacement mal dissimulé, en triturant une touffe de cheveux de sa main droite, tout en agitant la gauche pour ponctuer son récit.

Ici les déchets jonchent les pavés inégaux, restes de fouilles infructueuses et de sacs éventrés par les chiens, un désordre qui n'a rien de honteux et les Napolitains semblent s'accommoder de cette joyeuse pagaille. Maïa dresse pour moi une vivante fantasmagorie. Là, elle a vu un restaurateur installer un treillis de feuillage artificiel devant ses tables pour masquer aux clients la vue des pavés défoncés et d'une porte délabrée. Elle me décrit les draps voltigeant au-dessus les têtes, accrochés de part et d'autre des rues étroites pour les égayer. Les passants s'interpellent en descendant en hâte les rues escarpées, des groupes palabrent dans les carrefours, leurs voix de stentors résonnent, accompagnées d'une gestuelle éloquente, composante de la langue apprise dans l'enfance.

Maïa s'extasie d'un rien et me rapporte tout ce que je n'ai pas pris la peine d'observer, elle sait vagabonder, pas moi. Elle semble n'éprouver aucune appréhension : « Que devrais-je craindre ? Je sors le jour, les gens circulent, ils travaillent, font leurs courses, les enfants jouent dans les rues en rentrant de l'école. En ville, on n'est jamais isolé » Tout en parlant, elle me surveille du coin de l'œil et me voit me détendre. Comme les enfants qui tentent de distraire les adultes de leurs chagrins et de leurs préoccupations et y parviennent.

— Tout de même, tu es heureuse d'être là ?

Je ne sais quoi répondre à cette question, lancée de but en blanc, comme pensée tout bas et prononcée à voix haute, et qui témoigne de ses soupçons. Elle ajoute :

— Que penses-tu de Naples, qu'est-ce qui te plait ici ?

Je ne peux pas lui expliquer que je suis désorientée parce que c'est la première fois que je laisse ma famille. Je ne veux pas lui confier que ces visites que je m'impose me rassérènent sans jamais me combler tout à fait, que je suis tiraillée entre le plaisir de mes promenades, le regret et la culpabilité d'en profiter seule. Je ne me suis jamais posé la question du bonheur. Pas ainsi. Je sais avec certitude que je n'y répondrai pas en assouvissant des envies passagères – encore faudrait-il que je m'y autorise - ou des besoins plus impérieux – je n'ai pas de tels appétits. Le désir satisfait a-t-il d'autre issue que de se donner un nouveau motif ? Il repousse sans cesse ses limites et nous échappe. Même les enfants le savent pour qui s'endormir est parfois difficile quand ils ont dû laisser à regret leurs jeux, un tour de manège, un serment éternel de leur meilleur ami. Demain sera un autre jour, celui d'un nouveau désir.

Maïa attend ma réponse et elle ne s'accommodera pas d'un oui ou d'un non sans argument, elle me questionnera. Je la devance par une pirouette « Je suis contente que vous vous plaisiez à Naples, toi et ta mère » Ma tentative de diversion échoue :

— Oui, mais toi, Marianne ?

— C'est une ville fascinante, c'est vrai. Je découvre chaque jour autre chose. Mais je m'attendais à passer du temps avec Laure. Au lieu de cela, je ne sais pas où elle est, ni ce qu'elle fait.

Maïa est très fine. En la voyant froncer les sourcils, je regrette mes derniers mots, ce serait un comble de la contrarier alors qu'elle me fait la faveur de sa gaieté et je ne saurais pas lui expliquer que cet hédonisme tranquille ne me semble pas appartenir à Laure, il est autre chose que son dilettantisme affiché. Maïa elle préfère prendre ma remarque à la légère :

— Ne me dis pas que tu es inquiète pour elle ?

— Je crois qu'elle aime trop l'aventure pour ne pas s'y risquer.

Ma réponse paraît la satisfaire et avant qu'elle en conclue que je suis dépitée, j'ajoute d'un ton désinvolte que j'aimerais beaucoup qu'elle m'accompagne au Pio Monte della Misericordia.

— C'est une église ? Tu crois que ça va me plaire ?

— Je ne t'emmène pas n'importe où, tu auras la surprise et je me sentirai moins seule.

— On y va demain alors ?

Elle m'embrasse avec fougue : « Ne t'en fais pas, tout va bien » et je revois la petite fille affectueuse et spontanée que Laure me confiait, elle sourit en faisant mine de ne pas remarquer mon œil humide.

## 8

Il ne reste à Naples que trois des tableaux que Caravaggio y a peints. Je veux les voir tous. Maïa ne peut pas davantage me réjouir qu'en acceptant de venir avec moi partager la forte impression que promet le chef-d'œuvre, *Les Sept Œuvres de miséricorde*. Campée sur ses Doc Martens, elle marche devant moi comme un diable surgissant de sa boîte pour se dégourdir bras et jambes, elle se retourne pour s'assurer que je suis toujours là, mais l'écart se creuse, je presse le pas et je lui crie dans un souffle : « Tu sais où on va ? »

Elle rit : « Marianne, je t'adore ! » Nous longeons d'innombrables ruelles sombres, nous débouchons sur des places ouvertes sur une fontaine, une statue, le trajet semble ne jamais finir. Soudain je lève les yeux : piazzetta de San Gennaro. Juste en face, cinq arcades régulières ornent la façade du Pio Monte de la Misericordia et ne laissent pas deviner l'entrée d'une chapelle. En franchissant le seuil je retiens une exclamation : nous entrons dans un théâtre colossal où la lumière adoucit l'espace et nous offre l'hospitalité. Dans un écrin octogonal, des tableaux monumentaux nous cernent depuis leurs niches d'autel, sans nous étouffer de leur splendeur hautaine. Les nombreux visiteurs chuchotent entre eux. Rien d'oppressant dans cette église où je me sens plutôt accueillie à bras ouverts, dans un sentiment d'intimité. Saisissement du contraste avec la gravité des œuvres placées tout autour de nous. Au milieu des stucs, des frises de marbre gris et blanc et des balustrades, au-dessus du maître-autel, l'immense tableau de Caravaggio nous fait face et nous accapare. Même s'il est très sombre, le mouvement qu'on y devine, les grandes taches de lumière qui l'animent, appellent le regard sur les motifs qui n'apparaissent pas immédiatement malgré la taille du tableau, près de trois mètres par quatre.

Comme le veut le goût baroque, le spectacle est total et il faut prendre longuement le temps, en levant les yeux, d'examiner les innombrables détails de cette scène foisonnante, comme une photo prise sur le vif, où neuf personnages, sans compter les quatre créatures divines, se pressent pour accomplir leurs devoirs moraux. Comme si nous y étions, un concentré d'actions et de sentiments nous domine : « Voilà à quels actes de piété les Napolitains, en gens de foi, sont invités à s'engager ». À la droite du tableau, une jeune femme présente son sein à un vieillard derrière les barreaux. Selon l'ancienne légende romaine, revue ici par Caravaggio, Pero donne le sein à son père condamné à mourir de faim en prison. On lit la détermination sur son visage, mêlée à la prudence pour ne pas être surprise par les gardiens. Derrière elle, une torche est brandie, elle éclaire les pieds d'un cadavre, que deux hommes emportent au fond de la ruelle, vers l'au-delà, et plus loin on aperçoit le mollet d'un gentilhomme au chapeau emplumé. Au centre du tableau, c'est-à-dire de la rue qui pourrait être celle que nous venons de quitter, il déchire une moitié de sa houppelande pour la donner à un mendiant au dos nu et tend vers lui la manche de soie bouffante de sa chemise. Je m'attarde un instant sur son visage tendre, son air doux et compatissant. Il me fait penser à mon fils Charles, jeune homme rêveur et mélancolique, qui n'aime pas s'épancher ou manifester son trouble ou une amertume. Attendrie, j'ai failli demander à Maïa si elle avait perçu la ressemblance. Elle est absorbée par sa contemplation, elle pointe du doigt les anges musclés qui semblent surprendre ce qui se passe sous leur regard plus curieux que candide. Dans un grand battement d'ailes eux seuls sont capables de mettre en mouvement la foule agglutinée dans la nuit de Naples, de commander à la frénésie vertueuse des humains, leur bonté et leur solidarité. Un miracle se produit, il faut consacrer sa vie à quelque tâche utile, venir en aide à son prochain. La Madone nous regarde, elle serre son fils, blondinet dodu, contre son cœur, il observe la scène par-dessus les épaules des anges, aussi intrigué qu'eux, que sa mère exhorte d'une voix suave mais ferme; elle les pousse même, ils vont basculer sur la scène, leurs mains effleurent les chapeaux à plumes des jeunes gens figés dans le mouvement des corps et des étoffes. Tout change, sous nos yeux.

Une torche au coin de la rue – ou est-ce une lueur projetée par le clair de lune ? - un simple geste illuminent la vie rude et courte des gens de bonne volonté en ce début du XVIIe s. Ils étaient peu nombreux à savoir lire, mais la scène parle d'elle-même : partager leur vulnérabilité. Tout être humain est tenu de rester soucieux des autres, de sa naissance à sa propre mort. Dans leur confrérie, de jeunes nobles trouvaient aussi là un moyen monnayable d'acheter leur paradis, de laisser une trace, un tribut artistique, et Caravaggio a pu voir dans la commande qu'il honore une opportunité de ne pas sombrer dans l'infortune, en son exil forcé de Rome. Mais sa façon réaliste impose une vision non équivoque, sans maniérisme, et laisse filtrer une autre lecture du message de Dieu. Je crois lire dans ce tableau la même ironie cachée que dans La Flagellation que j'ai vue à Capodimonte. Ni le sujet, de ceux choisis pour susciter la pitié du croyant, ni la sobriété de la composition ou la palette sombre du peintre n'ont été choisis pour séduire, ils devaient saisir le fidèle au tournant d'une travée, parfois susciter sa révolte contre l'injustice et la brutalité du pouvoir. Maïa aussi perçoit la force du tableau, je sais qu'elle est touchée, elle se retourne vers moi : « Veux-tu qu'on s'en aille ? » Je comprends qu'il est temps pour elle et moi de revenir à nous, depuis ce séjour au lieu où les dieux viennent à la rencontre des humains. Je l'entraîne dans la rue où la queue devant l'entrée s'est allongée. Le changement de décor est radical : des hordes de touristes débouchent de la Via San Gregorio Armeno où ils se pressaient quelques minutes avant auprès des artisans de santons, fabricants de porte-bonheur, effigies et objets de pacotille de toutes sortes.

## 9

Nous attendons notre *cioccolata con panna,* je vois le reflet du chef-d'œuvre de Caravage dans le regard lointain de Maïa comme imprimé sur sa rétine. Les corps serrés contre les tables, les odeurs de *graffa* un peu écœurantes et le brouhaha des conversations, redessinent peu à peu la réalité autour de nous et y ramènent Maïa. « Sais-tu que ce tableau n'a pas toujours été là ? » Elle me réjouit par son habileté à récolter les menues chroniques de Naples. « En 1991, le tableau quittait le château de Capodimonte dans lequel il avait été mis en lieu sûr pendant onze ans, juste après le dernier séisme du Vésuve. » Les amis de Maïa lui ont montré des photos dans une coupure de journal. On y voit deux hommes porter le tableau sans aucune protection, pas même une couverture, ils traversent la ville à découvert au milieu des ruelles et des passants indifférents et parcourent deux kilomètres à pied jusqu'à l'entrée de l'église. Sur une autre photo, le tableau est posé à terre, on voit les porteurs fumer une cigarette devant l'église, ils délassent leurs bras engourdis. Ils replaceront le tableau où nous l'avons vu comme s'il n'avait jamais quitté sa niche d'autel depuis presque quatre cents ans. « Cela ne te paraît pas incroyable ? »

—Typiquement napolitain, je crois, ici tout semble possible !

Je commence à apprécier la belle décontraction avec laquelle tout un peuple vit au milieu des œuvres d'art. Elle n'est pas irrévérencieuse, et on ne peut la considérer comme du désintérêt ou même de l'impiété. Après tout, comment ne pas devenir un peu blasé quand on vit depuis trois millénaires au milieu de chefs-d'œuvre entassés sur les couches de civilisations successives. Les Napolitains ne sont pas flegmatiques, ils sont rassasiés.

Après un long silence, Maïa m'explique que Marco lui a laissé un message hier soir. Il est l'un de ses plus vieux amis, elle a créé avec lui une association, *Au coin de ma rue*. Mais cela faisait un moment qu'ils se disputaient sur la meilleure façon de s'occuper des personnes démunies. « *S'occuper d'eux*, rien que cette expression ! » souffle-t-elle avec désapprobation. Elle n'a pas osé lui dire qu'elle ne reviendrait pas car, sous le choc, il n'avait rien répondu à l'annonce de son départ pour Naples.

— Il pense que je suis en vacances et il s'acharne à me donner des nouvelles.

Quelque chose semble s'être cassé entre eux. J'essaie de la rasséréner :

— Marco va se débrouiller, il va réfléchir de son côté.

Mais Maïa prend son air buté :

— Nous avons partagé tellement de choses jusqu'ici, c'est lui qui a trouvé le nom de l'association, cela avait un sens il y a trois ans. Et puis tout a changé.

Je comprends dans ses accents de dépit et de colère ce qui l'a séparée de Marco, leurs conceptions de plus en plus divergentes des buts et des actions de l'association : il voulait convaincre les politiques de l'intérêt de leur association, chercher de nouvelles subventions, « envisager les choses en grand » ; elle souhaitait rester indépendante pour aider les gens du quartier, travailler avec des bénévoles, convaincre l'opinion : « je préfère être au ras du trottoir ». Marco et elle ne se comprenaient plus.

— C'est exactement ce que dénonçait Caravage, la « charité chrétienne ». Aujourd'hui on dit « aide humanitaire », on se dédouane, on se donne bonne conscience, en réalité on ne fait rien pour les pauvres, encore moins pour les étrangers qui ont atterri chez nous par hasard ou par erreur, en croyant atteindre l'eldorado. On leur jette une pièce, sans les regarder, on leur donne nos restes, aliments et vêtements, ils ne manquent de rien, paraît-il, mais on ne se préoccupe pas de ce qui est pour eux l'essentiel : être en lien, pouvoir parler, être entendu.

Touchée de sentir dans cette longue tirade plus qu'une déception, une véritable désillusion, je ne sais si Maïa me demande conseil ou si elle veut simplement que je l'écoute et que j'acquiesce. Je suis flattée qu'elle fasse de moi sa confidente, comme une grande sœur, à qui il est plus facile de dire ses inquiétudes et ses doutes qu'à sa mère. Pourtant je réagis brusquement « Et toi tu le sais ? ». Elle me regarde, l'air incrédule, essayant d'apprécier dans ma voix une part de cynisme ou ma réelle sincérité. Je rougis de ma maladresse. Heureusement, Maïa a du répondant : « Au moins je me pose la question. Les gens ne viennent pas chez nous pour qu'on leur distribue du café ou des couvertures ! »

— C'est bien non ? C'est ce que faisait déjà le Pio Monte della Misericordia en tant qu'institution de charité. La nouveauté à l'époque était que ses fondateurs voulaient s'occuper de toutes les détresses humaines, pas seulement les nourrir, leur donner un abri, ou prier pour eux. C'est ce que font aujourd'hui des grandes associations humanitaires partout dans le monde. Et aujourd'hui en plus des SDF il y a des migrants, crois-tu que la France ou l'Italie peuvent accueillir tous ceux qui frappent à la porte !

Maïa est devenue sarcastique :

— Ah oui, j'ai déjà entendu cet argument, on ne pourrait pas supporter toute la misère du monde ! D'ailleurs, ces gens - je préfère les appeler « exilés » - ne comprendraient pas notre culture, ils ne veulent pas s'adapter et si on les laisse entrer chez nous trop nombreux, nous allons y perdre notre identité ! Mais les choses ont un peu changé depuis le XVIIe s., tu ne crois pas ?

Je n'en suis pas si sûre, je l'interromps en posant la main sur son bras, elle se dégage brusquement et je crains de l'avoir blessée. Dans l'envolée passionnée de Maïa, transparaît la véhémence de Laure, les sentiments d'injustice et d'indignation qu'elle a si souvent exprimés. Je comprends les résonances des *Sept Œuvres de miséricorde* pour Maïa : la toile réunit les actes concrets auxquels devrait nous amener à la considération de la détresse, de la précarité de l'existence humaine, c'est ce qu'elle veut protéger dans son association, ce qu'elle soutient contre Marco, contre les institutions, contre tout.

— Tu as raison, Maïa, ma douce, nous sommes condamnés à vivre ensemble. Nous avons tous besoin d'écoute et d'assentiment. Mais ramener le paradis sur terre, c'est d'abord considérer que le bien et le mal coexistent en chacun de nous.

Elle me regarde, étonnée :

— C'est toi qui dis ça ? Tu sais donc que le paradis céleste n'est qu'un lot de consolation pour ceux qui souffrent et les plus démunis.

— Bien sûr, c'est vrai dans toutes les religions. Je crois même que c'est parce que nous vivons plus longtemps que nous avons le temps de le réaliser... pour peu qu'on veuille bien y réfléchir.

Nous sommes rentrées lentement, pensives. Maïa m'a accompagnée jusqu'au seuil de la porte d'entrée, elle ne voulait pas que je me perde sur le trajet, trop absorbée par ce moment où notre échange nous rapprochait « La prochaine fois c'est moi qui t'emmène, dans un endroit qui devrait te plaire », a-t-elle conclu en m'offrant, avec son sourire, une vraie déclaration d'affection.

Ce soir en me couchant, je m'interroge sur le sens de l'engagement de Maïa. A-t-elle voulu prouver quelque chose à sa mère et n'est-ce pas trop exigeant pour une si jeune femme ? Je n'ai jamais parlé de tout ceci avec mes fils, Jacques et moi, nous avons toujours voulu les protéger des dangers du monde, mais c'est une erreur, c'est surtout un mensonge. Thomas, notre aîné est à peine plus jeune que Maïa, il est tout autant réfléchi et volontaire mais beaucoup moins curieux de ce qui se passe autour de nous. Elle pourrait aller au bout du monde, pas lui. Même Victor, à treize ans, a le droit de comprendre dans quel monde il vit, et c'est à moi de le préparer.

Les polichinelles aux yeux de verre froid, sur l'étagère au-dessus de mon lit, se penchent vers moi en ricanant, la lampe dessine des ombres chinoises sur les rideaux bayadères. Les objets de ma chambre semblent vouloir me mettre en garde. Je ferme les yeux pour leur échapper.

## 10

Il nous a suffi de pousser la porte. Sous les arcades métalliques d'une ancienne halle désaffectée dans le quartier de Materdei, nous entrons dans ce qui ressemble à une ruche, je ne m'y attendais pas. Partout des gens sont en plein travail, penchés sur une machine à coudre, un métier à tisser ; là-bas quelqu'un repasse près d'un mannequin de couturière, un autre examine des photos accrochées sur un panneau. Plus loin, une odalisque nue se couche sous le pinceau un peintre, je m'approcherai plus tard.

Maïa m'entraîne en zigzaguant parmi les territoires que chacun s'est constitué entre des tréteaux et des planches en quinconce où son matériel est disposé. Elle leur adresse un geste de salut collectif, sans mot. « Suis-moi, je vais te présenter Sofia ». C'est bien une potière que j'aperçois. Nous nous arrêtons devant le tour, elle lève à peine la tête vers nous et reste concentrée sur la pièce qu'elle est en train de modeler. Ses mains guident un bloc de terre avec délicatesse, dans un corps à corps sensuel avec la matière. Elle retient sa respiration comme pour alléger la pression de son pied sur la pédale et faire tourner la *girelle*\* d'un mouvement régulier. Elle dose la force transmise à ses mains pour lisser la terre avec une éponge humide au fur et à mesure qu'elle puise l'eau dans un récipient. Le cône monte puis redescend, une forme se creuse puis enfle quand sa main plonge au fond de l'ouverture. Elle place ses pouces à des endroits très précis à l'intérieur et à l'extérieur de la motte de terre qui semble obéir. Elle s'applique pour former le col et le pot se transforme en se couvrant de volutes sans fin qui captent le regard au rythme hypnotique du tour. Je suis fascinée autant par la maîtrise de Sofia que par son effet prodigieux. Soudain la main attentive à sentir un défaut invisible à nos yeux, écrase le vase, il revient à l'informe initial « Je n'y arrive pas aujourd'hui, je ne peux pas l'empêcher de danser ! » Tout son corps se détend et Sofia passe la main sur son front qui se couvre de terre mouillée. Avec un grand sourire, elle emballe soigneusement le bloc de terre qu'elle replace dans une caisse. C'est tout. Je tressaille en voyant avec quelle facilité elle a réduit son travail à néant, apparemment sans aucun regret.

« *Buongiorno* Marianne, Maïa m'a dit que tu venais aujourd'hui. *Piacere* ! Tu t'intéresses à la poterie ? » Sans attendre ma réponse elle propose d'aller prendre un café. « C'est sacré ici, comme la Madone, le Vesuvio et la pizza ! »

Je n'ai pas le temps d'approcher l'étagère où sont juxtaposés différents objets de sa fabrication, « Ce sont des essais de couleur, je cherche un bleu à fixer sur du kaolin, pour l'instant je ne suis pas contente. C'est une question de cuisson, de la chimie si tu veux, un jour je te montrerai. »

Nous traversons le vaste espace en nous faufilant au milieu de ce beau désordre où tout est à sa place, *l'antre de la vie*. Par terre des fils de couleurs, des chutes de papier, des bouts de rubans inutilisés, tous ces rebuts multicolores dessinent les motifs d'un tapis ottoman *C'est la caverne d'Ali Baba*. Je ne sais où tourner mon regard.

Derrière une cloison, un coin de fortune a été aménagé pour le repos, avec de vieilles chaises et quelques fauteuils de récupération en osier. En faisant couler le café, Sofia m'explique qu'une trentaine d'artisans et d'artistes se sont installés dans cette ancienne halle que la mairie veut détruire : « Cela fait déjà deux ans, mais nous avons le temps, l'administration c'est très compliqué ici, *allora* elle nous laisse occuper ce lieu, pourvu qu'elle n'ait pas à s'en préoccuper. Quelqu'un vient de temps en temps vérifier que tout va bien et c'est à nous de nous mettre d'accord. » Maïa précise qu'un collectif décide qui peut s'y installer et comment est redistribuée la place disponible. « Nous voulons conserver les métiers traditionnels à Naples selon les méthodes ancestrales ». J'ai entendu son « nous » et je lui demande comment elle est arrivée là.

— Un peu par hasard, et par curiosité et puis grâce à Sandro, il est tisserand, nous irons près de lui tout à l'heure. Il s'est chargé de démarrer un blog, il m'a demandé si je pouvais prendre quelques photos, je suis revenue avec Laure.

Sofia doit retourner travailler et j'envie sa passion. Elle n'a pas le temps d'évoquer l'intégration dans ce lieu, d'étrangers en situation plus ou moins régulière car elle doit avancer une commande. Je comprends à demi-mot qu'elles ne veulent pas développer le sujet trop ouvertement. Maïa m'a tout expliqué sur le trajet qui nous a menées ici : le groupe de jeunes napolitains qu'elle a rejoint, des amis désormais, veut redonner une dignité à ces gens à qui on la dénie, alors qu'ils ont tout sacrifié, au risque de leur vie souvent, parce qu'il était devenu impossible de rester dans leur pays, où règnent la guerre, la corruption et la misère.

Devaient-ils toujours déchanter ou payer pour leur rêve ? Maïa est encore « Au coin de la rue » mais celle-ci est à Naples désormais, elle n'abandonnera pas ses combats. Elle s'expliquera un jour avec Marco.

Je trouve magnifique l'idéalisme de Maïa, qui semble avoir rencontré ici les moyens de s'accomplir ; la vie est faite de ces rêves qu'on poursuit, sans s'arrêter à l'incertitude de les mener à bien, avec acharnement.

Nous passons devant une couturière qui se masse le dos, à demi penchée sur la pièce de tissu qu'elle s'apprête à couper. Un instant d'inattention et ce sera trop tard. Elle se relève et sourit à Maïa, et je remarque seulement que celle-ci porte une jupe de velours grenat, troquée contre son éternel jean effrangé, et un châle aux motifs indiens jeté sur les épaules qui lui donne l'allure d'un personnage d'une autre époque, une dame à la licorne, une Circé. Elle jette un coup d'œil à ma tenue passe-partout, le confort est mon seul critère. « Tu devrais venir demander conseil à Laura, elle fait des merveilles ».

Nous nous arrêtons devant un métier de haute-lice. Sandro passe une main sur la surface de laine où l'on devine déjà une vague incertaine, un motif dont lui seul entrevoit le résultat final. Les jeunes artisans qui œuvrent ici ne sont pas comptables du temps passé à la fabrication de leurs objets. Je m'octroie cette même liberté mais eux vont plus loin, dans leur exigence, dans le partage du plaisir, dans leur effort pour tendre à la perfection. Je n'ai jamais montré ce que je n'ose pas encore appeler « mon travail », je le considère davantage comme un divertissement, un dérivatif agréable, devenu nécessaire pour me ramener à moi-même.

Et pour ne pas me soumettre au jugement des autres ? Je n'ai pas encore répondu à cette question.

Maïa, lumineuse et ardente, pleine d'envies et de projets est devenue une jeune femme, ses attitudes et ses expressions d'enfant s'effacent dans mon souvenir. Elle porte avec ses amis la fougue et la conviction de la justesse de ce qu'ils font.

— Aimerais-tu apprendre un de ces métiers ?
— Pas du tout, je ne crois pas être douée pour l'un ou l'autre, je ne suis pas assez patiente, je me charge de créer des liens avec les associations d'aide aux étrangers, j'essaie de libérer une place pour quelqu'un qui voudrait partager ses techniques avec les nôtres, je préfère me mettre au service du collectif.

Le spectacle qui s'offre à moi est réjouissant : tous ces jeunes artisans puisent leur félicité dans la concentration sur leur travail, dans la répétition des gestes, dans leur persévérance tendue vers la création, leur ardeur solitaire mais soutenue par la présence des autres. Et si le bonheur était là ?

# 11

Quelques heures se sont écoulées. Bombardée d'impressions nouvelles, à la fois excitée et intriguée, me voici dehors, sous le charme. Ai-je vraiment visité La FabriCa ? Maïa m'avait prévenue : « Tu vas entrer dans un endroit magique ». C'était bien elle, la fée du lieu, épanouie et vivante, et je suis ensorcelée, *ni chair ni poisson*.

Il est déjà quinze heures, j'ai très faim, je me laisse attirer par la vitrine d'une *salumeria*, que le bel arrangement des jambons suspendus et des plats préparés orne comme une crèche. Le patron me désigne une assiette garnie d'une saucisse dorée et ses *friarielli*. Je comprends que c'est tout ce qu'il peut me proposer à cette heure-ci mais c'est exactement ce qu'il me faut. Braisés à l'huile d'olive, légèrement amers, ils se révèlent un pur délice, encore meilleurs dégustés au comptoir avec des *orecchiette*.

Je me prends à rêver de ces animaux fabuleux et des constructions monumentales auprès desquelles Maïa a voulu que je termine ma visite. « Il faut absolument que tu voies ça, ce sera la base d'une magnifique exposition : nos dernières recrues viennent du Bénin, ces garçons ont des doigts d'or et une imagination folle ! »

Maïa m'a conduite au fond de la halle : « il leur faut beaucoup de place, regarde ce qu'ils ont fabriqué avec du bois flotté. Certains sont très jeunes, l'un d'eux a pris la tête du petit groupe. Ils parcourent des kilomètres pour ramasser sur les plages la moindre branche et des tronçons énormes qu'ils ramènent dans des brouettes. Ils passent des heures à scier, limer, tordre, assembler des morceaux de bois. Elle me montre une tête de gnome, la patte d'un centaure, des oreilles de lapin ou la pièce de bois parfaite pour former une nacelle qu'ils pourront installer dans un manège mécanique. *Ils réalisent des rêves d'enfants*. Comme eux, ils sont entièrement consacrés à leur tâche, ils ne prêtent pas attention à ce qui les entoure, les conciliabules et les allées et venues permanentes, tout le bruit des outils et des machines. Plus que de la détermination, plus qu'un goût du travail bien fait, ils témoignent que donner du sens à l'ouvrage, c'est transformer aussi celui qui l'accomplit. Être soi-même et devenir autre, multiple.

« Parfois, j'obtiens le résultat que je cherchais » dit Sofia. Si elle n'est pas satisfaite de ce qu'elle a produit elle n'a aucune hésitation, détruire son travail, s'il n'a pas de valeur à ses yeux, ne l'affecte pas. Au contraire, selon elle, il faut se rendre compte le plus vite possible qu'on fait fausse route, c'est ainsi qu'on progresse. « Et il y a des jours où rien ne va, demain je recommence ». Leçon de modestie. Pour ma part je ne suis pas encore parvenue à cette humilité. Je suis souvent déçue par mes essais mais je reste incapable de m'en débarrasser, je stocke dans un coin de l'atelier des tableaux que je ne regarde plus jamais.

Sofia, la potière, Sandro le tisserand, semblent placer dans le travail de leurs mains le but et le sens tout entier de leur vie en obéissant à leur propre nécessité, selon leur pente naturelle. Ils ont conquis le pouvoir des humbles : faire ce que l'on sait, faire ce que l'on doit, être conscient de sa propre valeur, ce sont pour eux des évidences et des causes à défendre.

Je ne suis pas retournée auprès du peintre au travail, « il s'appelle Bernardo », m'a glissé Maïa. J'avais déjà fait le plein d'admirations. Qui de moi ou de lui aurait été le plus dérangé ? J'aime être seule dans ma cabane et laisser flotter mon esprit, rêver et attendre que la couleur surgisse sous mon pinceau. Je ne voulais pas qu'il se sente espionné ni son modèle vivant et je dois bien m'avouer que je redoutais, en l'approchant, d'éprouver le manque qui vient de se planter dans ma poitrine. Je n'ai peint jusqu'ici que des paysages, d'après photos ou en contemplant mon jardin, rempli de fleurs, jonquilles, iris, pivoines, selon la saison. J'écarte ma nostalgie en songeant à nouveau à Sofia, à Sandro, à leur capacité à ne pas se contenter du premier résultat de leur travail, mais toujours tendre au meilleur et remettre leur tâche sur le métier et ils en sont heureux, ils n'attendent rien en retour immédiat sinon la satisfaction du travail accompli.

Je sens la fatigue se dissiper, la lassitude a commencé son œuvre d'éclaircissement. Je souris au traiteur qui glisse des regards vers moi car je suis la dernière. *No grazie*, je ne prendrai pas un autre café.

Une fois sortie du restaurant, je hume la brise qui parvient de la mer et se faufile entre les ruelles qui ne voient le jour qu'à midi l'été et les places baignées de lumière où il faut plisser les yeux tant la lumière est vive. Des cohues tourbillonnent dans les rues, chacun vaque à ses occupations, touristes mêlés aux habitants. Les vespas les frôlent en les évitant de justesse, comme jouant avec le risque. De jeunes napolitaines en jupes très courtes sous des hauts moulants leurs seins parfaits se pavanent sur la Via Dei Tribunali au milieu d'un attroupement. Les jolies fées se prêtent aux photos les unes des autres, en un défilé de mode. Elles battent des cils en prenant la pose en de gracieux mouvements de mains et de hanches et rient à gorges déployées. C'est comme si je n'avais pas quitté La FabriCa, la magie du lieu opère encore, elle ne me quittera plus, quelque chose s'est ouvert en moi.

Je passe devant l'entrée des souterrains de Naples, le monde est sous mes pieds, dans cette ville fantastique où tout a déjà eu lieu depuis trois mille ans ; je n'éprouve plus le vertige qui me menaçait de basculer hors de tout contrôle, perdre l'équilibre et disparaître. À moins de m'envoler sur ses ailes.

## III

*Deux filles tenaient chacune un bout de la corde.
Ni trop tendue ni trop molle.
Shuss, le sifflement de la corde dans l'air
puis son claquement sec sur le sol, schlac.
Il fallait entrer dans la corde en mouvement.
Je redoutais ce moment.
La peur, je ne la contrôlais pas. Me montrer gauche,
rater les figures, perdre l'équilibre et me ridiculiser,
et puis décevoir Lorette.
Je discernais son appel parmi les autres, il me poussait dans
la corde puis elle continuait de m'exhorter,
je m'accrochais à sa voix,
je bandais mes forces et mon courage.
J'enchaînais les figures, se retourner, sauter sur un pied,
la corde montait,
elle accélérait, au rythme des encouragements de Laure
qui dépassaient les rires moqueurs des autres filles.
Dans l'oubli forcené, je déchargeai ma rage et toutes mes
craintes, je voulais réussir, ne plus jamais rester au bord,
ne plus entendre les quolibets.
Les cris fusaient :
« Tu sors maintenant ! C'est mon tour !
La fin de la récré va sonner ! »
Lorette et moi, nous faisions partie de la même équipe.*

## 12

J'ai repris mon trajet dans un état second sans y prendre garde et je suis arrivée comme par enchantement au pied de notre immeuble. Je suis contrariée de rencontrer Laure dans l'appartement, je n'imaginais pas qu'elle soit là et au lieu de me réjouir de la voir installée, nonchalante, une jambe posée sur l'accoudoir du fauteuil, je suis dérangée. Gênée aussi après lui avoir reproché ses absences, sans le lui dire franchement. Elle feuillette un livre de cuisine, à en juger par l'illustration de couverture, une pile d'autres livres à côté d'elle, sur la table basse.

Je passe devant elle en grommelant un bonjour indistinct et je disparais dans ma chambre. Je ressors un instant après, une serviette de bain sur le bras. Laure lève la tête et m'apostrophe : « Eh Marianne, on dirait que tu es pressée ! ». Elle ajoute aussitôt : « Mais si tu es là ce soir on peut dîner ensemble ». J'acquiesce distraitement et le bruit de l'eau du bain calme un peu mon animosité *Que va penser Laure ?* Je n'ai aucune envie de lui parler ce soir, j'aimerais repasser toutes les images de cette journée, en retraverser toutes les émotions et noter ce qui m'a éblouie et remuée au plus profond. Seule. Me couler dans la mousse parfumée m'octroie un répit. Pourquoi ne puis-je atteindre à plus de tranquillité ? Encore un peu d'eau brûlante, jusqu'au frisson. La tension se dilue. Est-ce elle ou moi qui fuit l'autre ?

Enveloppée dans le drap de bain, tous sens amollis, le teint rosi par la vapeur, je suis accueillie par Laure qui a préparé un plateau garni de mini-canapés, des rouleaux de salami piqués de lamelles de poivron, des cubes de provolone au poivre, elle sait que j'adore ça. Elle débouche une bouteille avec précaution : « Greco di Tufo... Tu me diras ce que tu en penses. Je t'attends ». Laure est parfaite, disponible, elle prend soin de moi et je reste sur la défensive malgré mon sourire affiché pour me donner une contenance.

Quand je reviens recoiffée, habillée, elle s'enquiert : « Alors raconte-moi cette journée formidable, harassante on dirait ? ».

— Maïa m'a montré La FabriCa, tu connais, je crois ?
— Elle m'y a déjà emmenée, oui, elle y va tous les jours désormais. Comment l'as-tu trouvée ?
— Elle est à l'aise partout, tu le sais, cela fait plaisir de la voir ainsi. Elle m'a présenté Sofia. Et puis un jeune tisserand.
— Sandro ! Je ne sais pas exactement comment ils se sont rencontrés mais un jour Maïa m'a proposé de venir faire quelques photos. Ils préparent ensemble la communication pour une journée portes ouvertes, ils veulent être prêts dans deux mois. J'aimerais vraiment les aider.

Maïa ne m'a pas parlé de cet évènement et je ne savais pas que Laure elle-même s'y impliquait. Je suis un peu vexée qu'elle en sache plus que moi et blessée d'être ainsi mise à l'écart.

— Elle au moins sait ce qu'elle est venue chercher à Naples. Moi, après plusieurs semaines, je ne sais toujours pas. Et toi ?

— Est-ce qu'on ne trouve pas toujours autre chose que ce qu'on est venu chercher ?

J'admets qu'elle ait raison mais elle m'agace avec son ton sentencieux.

— Mais il faut bien se consacrer à quelque chose, avoir un projet, sinon pourquoi sommes-nous venues ?

— Jusqu'à maintenant je vis très bien sans me poser la question. C'est toi qui parlais de programme, non ? Es-tu contente ?

— Je fais ce que je me suis promis, pour moi ça compte.

— Pour moi, c'est différent, cela me fait du bien d'être ailleurs, de me distraire et surtout de ne rien prévoir. Je me contente de ce que je peux partager avec Maïa. Et je comprends que tes garçons te manquent.

Je suis sidérée qu'elle me parle de Maïa, je ne savais pas qu'elles passaient du temps ensemble, et pourquoi évoque-t-elle mes fils, alors qu'elle sait le sujet délicat ? La rage me saisit devant sa perfidie :

— Tu es culottée de dire cela, c'est toi qui m'as entraînée !

Laure se raidit, son regard et son sourire trahissent que mes mots lui reviennent de l'époque lointaine où nous étions enfants, quand l'une de ses fantaisies, moins brillante qu'annoncée, tournait mal. Je savais que je rentrerai en retard chez moi, ou je craignais que ma mère ait vent d'une bêtise à laquelle j'avais consenti. Je redoutais la punition. Mes regrets faisaient plus souvent place aux reproches à l'égard de Laure qu'aux repentirs, je rejetais sans vergogne la responsabilité sur elle, même si ma mère n'était pas dupe. Nous restions parfois fâchées quelques jours, Laure et moi.

Nous voilà ramenées à cette époque :
— C'est toi qui exagères ! Je suis étonnée que tu te sois sentie obligée de venir, il me semble que tu étais ravie quand nous avons annoncé que nous partions à Naples où d'ailleurs tu étais déjà venue avec Jacques. Je ne suis pas la gardienne de ta liberté. Ni pour te dire pourquoi tu es là. Qu'attends-tu de moi exactement ?

Nous avons posé nos verres, nous nous regardons avec l'air de défi de notre adolescence. C'est exactement la posture qu'elle adoptait parfois avec moi. Elle se prenait alors pour la grande sœur que je n'avais pas, sous prétexte qu'elle était l'aînée de sa fratrie. Je la nommais alors « Mademoiselle-je-sais-tout » et elle riait car elle se savait démasquée.

Je ne sais plus très bien, de Laure ou de moi, qui a envenimé l'échange. Je m'en veux de cette rage mauvaise qui l'a provoqué alors qu'elle me proposait de passer un moment agréable et je sens que la conversation nous échappe, qu'elle risque de nous mener où nous n'avons pas envisagé d'aller.

— J'espérais que nous ferions davantage de choses ensemble, nous ne nous croisons même plus au petit-déjeuner.
— Tu vas, tu viens, comme moi, comme Maïa, d'ailleurs tu ne sais rien de ce que je fais avec elle. C'est bien de se revoir en ayant des choses à se raconter, non ?

— C'est vrai, je ne sais rien, depuis que nous sommes ici, chacune vit sa vie, je me demande pourquoi je suis là !
— Qu'est-ce qui t'empêche d'y répondre ? Tu n'as qu'à te poser la question !

Elle assène une dernière pique :
— On peut effectuer un point quotidien, si tu veux ! Commençons par ce que tu as vu à La FabriCa, à part le fait que j'y suis déjà allée… sans toi. Quelque chose t'a plu ?

Laure parle toujours sans détour et je sais qu'elle n'essaie pas de m'accabler, seulement de répondre à mon attaque. Je me repens déjà. Je détourne le regard pour me retenir de lui rétorquer ce qui me traverse à l'instant l'esprit *Il faudrait que tu sois là, où vas-tu quand tu découches ?* Le feu aux joues, je viens de prendre une nouvelle leçon. Je ne suis pas de toute bonne foi et je me suis même complètement fourvoyée ; c'est moi qui suis trop susceptible, curieuse et jalouse. Contrite, la tête basse, je retiens des larmes d'exaspération.
— Pardon ! Je suis stupide. Laure me prend dans ses bras :
— Mais non, c'est moi qui suis trop brusque. Et puis arrête de t'excuser tout le temps !
En une phrase elle a anéanti toute ma fausse superbe mais je sais que cela ne sonnera pas la fin de notre brouille. Cette fois, je suis entièrement responsable mais ce serait, en plus de ma peine, insupportable de l'avouer.

— De quoi as-tu peur sans cesse ? Tu n'as plus confiance en moi ?

Je ne peux pas, pas encore, lui dire que j'ai craint son indifférence, autant que l'abandon de Jacques. L'a-t-elle deviné ?

— Tu devrais appeler Jacques, je suis sûre qu'il va te rassurer.

Je suis à nouveau stupéfaite. Jacques et moi, nous ne nous sommes pas parlé depuis plusieurs jours. Je me contente de laisser couler mes larmes et cette fois elle ne me reproche pas « d'être un vrai crocodile ».

Enfants, il nous fallait quelques jours pour revenir l'une vers l'autre, nous avions oublié le motif de notre dernière dispute et nous nous rapprochions enfin, jusqu'au prochain clash. S'ensuivaient les rituels, embrassades et promesses, échanges d'objets plus ou moins précieux en gage de réconciliation. Nous n'avons jamais pu déterminer ce qui était vraiment en cause, Laure me reprochait d'être rabat-joie et moi je lui en voulais de ne jamais me demander si j'étais d'accord avant de passer à l'action.

Quand Maïa a ouvert la porte, il était tard. Assises face à face, en tailleur sur le tapis, devant une bouteille vide, nous ne pensions plus du tout à elle. Maïa ne nous avait jamais vues ainsi, je crois. Elle a haussé les épaules en souriant. « C'est la fête ce soir ! Bon, je vous laisse, on se voit demain ? Elle n'attend pas notre réponse : Bonne nuit ! »

## 13

Ce matin Laure a tenté un rapprochement, elle s'arrêtait au bar pour un café avant de filer à un rendez-vous. « Viens avec moi ! » J'étais touchée de sa sollicitude et de sa simplicité. Mais je ne suis pas prête à ravaler mon amour-propre et à admettre que je me suis menti. Je dois d'abord reprendre mes esprits avant de confesser mes torts. Elle m'a permis de me réveiller. *« De quoi as-tu peur sans cesse ? »* Sa petite phrase a agi comme un *kôan\** et si Laure n'avait pas l'intention de me mettre en garde en me suggérant d'appeler Jacques, l'idée s'est insinuée de sa possible trahison, le mot même m'est insupportable. Jamais il n'a été question de lui retirer ma confiance et s'il a repris sa liberté c'est que je l'en privais. Notre amour a-t-il sombré dans l'habitude, pris dans les rets d'un attachement paresseux ? L'aurais-je négligé jusqu'à le perdre ?

Une vérité émerge, quelque chose qu'il me faut éclaircir, dont je n'ai pas la clef. Elle m'a parlé de confiance mais je ne sais plus s'il s'agissait d'elle et moi ou de celle que j'aurais perdue en Jacques. Ou en moi ?

Me voilà au comble de la confusion. Maïa aussi m'a montré autre chose, des pans de sa vie que j'ignorais et, grâce à elle, je me découvre autre, nouvelle et je cesse de m'en défendre. Pourquoi n'est-ce pas possible avec Laure ?

Notre échange a pris le tour qu'il prenait souvent quand nous étions enfants, des moqueries sans gravité, plus tard des mots durs qui mettaient notre amitié à l'épreuve. Je voulais imiter Laure, agir comme elle, *être* comme elle, plus spontanée, plus enjouée, plus audacieuse que moi. J'admirais la façon dont elle bougeait, dont elle osait s'adresser aux autres, l'aura dont elle jouissait auprès de ses nombreux amis. Je l'enviais.

Maïa est née « par hasard », c'était l'expression de Laure et elle me choquait, puis elle a quitté Rémi : « Nous étions trop jeunes pour être parents ensemble ». Voilà son explication et ce qu'elle s'est contentée de dire à Maïa, plus tard, quand elle a voulu savoir qui était son « vrai » père, croyant que sa mère les avait tenus à distance l'un de l'autre. Et c'est Paul, en père adoptif aimant, qui a compris sa révolte et lui a permis de rencontrer Rémi. Entre-temps, j'ai épousé Jacques, Thomas est né deux ans après Maïa, puis Charles et Victor. Je n'ai jamais vraiment repensé à toutes ces années, la vie va, elle nous a fait choisir des voies différentes, la sienne était plus bohème, la mienne plus rangée.

J'ai mis mon programme en suspens. Ma prétendue promesse à Jacques ne tient plus. Revenir sur les traces de notre histoire, quelle illusion ! Et quelle erreur de penser conserver nos souvenirs intacts. J'ai beau me répéter que le passé n'est plus ; j'ai beau me dire qu'il est vain de m'accrocher à des souvenirs dévitalisés sur des photos pâlies et qu'il ne reste rien de la force d'émotion qu'on voulait fixer en appuyant sur le déclencheur, comment y renoncer ? Le plus souvent, je n'étais pas la photographe, Jacques a pris la plupart des photos que nous avons rapportées de Naples. J'ai eu beau les regarder au plus près, scruter le détail infime d'où ressurgirait l'émotion pure du moment, je ne voyais plus qu'un reflet de moi, quelqu'un qui ne me ressemble plus et je me demandais qui était cette femme qui souriait alors.

Aucun cliché ne témoigne de l'instant qui contient tous ceux qui l'ont précédé, et qui constituent désormais le couple que nous sommes aujourd'hui. Sur la terrasse à Ravello, au moment où je fermais les yeux, me parvenaient à la fois l'odeur piquante de la brise marine chargée des senteurs des genêts et des herbes accrochées sur la falaise et la caresse de la main de Jacques sur ma joue, son extrême sensualité.

Où se sont enfuis les plus beaux de nos moments, l'enfance, l'amitié, l'amour, la bénédiction d'une naissance, le baiser du soleil ou la fraîcheur de l'eau ? *Aide-moi à comprendre ce que je suis venue chercher ici...* Je me répète ces mots comme un mantra à l'adresse de Jacques mais le même état d'agitation m'empêche de dormir ou plus tard, me réveille, depuis toutes ces semaines. Alors, je pense à elle et je m'en remets à La vierge de l'Annonciation, qui semble attendre le visiteur au musée de Capodimonte, elle sait la force et la faiblesse, la lucidité qu'il faut pour renaître du vacillement. Aveugle pour l'éternité, sourde à mes lamentations, penchée vers moi du haut de son piédestal, elle lâche le Livre et m'ouvre les bras : la Vie est en elle, elle me parle de l'amour que je suis venue défricher à Naples, dans ce paysage très ancien et pourtant neuf, à l'épreuve d'un voyage lointain, qu'il me fallait recommencer pour espérer en saisir la vérité. L'amour c'est ne ressentir aucun manque, à l'instant qui s'enfuit. Il est ici, il sera ailleurs demain, encore. Il est dans le surgissement de l'invisible, clair dans l'obscur. Il fait chatoyer le monde, douleur et douceur, lent déchiffrement du désir.

Plus que le bonheur, je veux reconquérir la joie.

## 14

J'ai acquiescé sans réserve à la proposition de Maïa :
— Pourquoi ne ferions-nous pas une excursion toutes les trois ? Ce serait la première fois depuis notre arrivée à Naples !

Je suis heureuse de glisser un pas de côté, un pas vers Laure ; je ne savais comment revenir après ces quelques jours où je me suis mise toute seule au ban de notre petite communauté. Laure n'a pas mentionné notre dispute, cela n'a pas la même importance pour elle mais je lui en sais gré. Et Maïa, si sensible et attentive aux autres, a dû ressentir qu'il était temps de nous rapprocher. Grâce à elle tout devient plus simple.

Un énorme vaisseau s'avance sur la mer depuis le bateau qui nous transporte à Capri. Les hautes falaises qui cernent l'île renforcent sa dimension de forteresse marine, près d'elle les bateaux de plaisance ont l'allure de jouets mis à l'eau par des mains d'enfants. Je ne peux m'empêcher d'éprouver une certaine appréhension, comme si nous allions débarquer en terre hostile. Je sais pourtant qu'à l'arrivée, les taxis décapotables, le téléphérique et la noria des bus nous attendent déjà pour proposer le tour de l'île par tous les moyens. Maïa a décrit ces lieux enchanteurs comme dignes des plus beaux parcs d'attractions, Capri comme un caprice, avec ses villégiatures pour artistes et intellectuels européens, construites dans les Années folles ou à l'époque des trente glorieuses. « Nous allons nous distraire » a-t-elle annoncé.

Maïa s'est documentée : « Tu devrais lire Malaparte, il a eu sa maison ici… nous pourrions essayer de la voir… et bien sûr tu sais que Jean-Luc Godard y a tourné Le Mépris ? ». *C'est exactement le mot, c*e que j'éprouve pour un endroit qui entretient sa renommée de star mais ne dévoile qu'à très peu de gens ses secrets les plus mythiques.

Depuis longtemps, l'île est devenue trop proprette, défigurée par l'exploitation touristique, quand elle n'est pas réservée à quelques happy few barricadés derrière les hauts murs de leurs propriétés luxueuses. Rien autour de nous qui puisse rappeler une nature sauvage et préservée ou une histoire épique.

Nous arrivons très vite sur une petite place dont la beauté sobre de la façade de l'église est éclipsée par les terrasses tapageuses des cafés. Côte à côte, ils cernent la place et ne tentent même plus d'attirer les passants abasourdis, poussés en avant dans la cohue, qui se posent dès qu'une place se libère. Le même malaise déjà éprouvé me serre le cœur : *pourquoi suis-je ici ?* Je regrette d'avoir accepté cette promenade sur les sentiers battus où je n'ai cessé de m'égarer depuis notre arrivée. Je suis Maïa et Laure, comme au premier jour, dépourvue de toute volonté.

Le soir, je me renfrogne quand le serveur proclame que nous avons de la chance qu'il y ait encore de la place dans le restaurant ordinaire où il entasse les tables dans l'entrée afin d'y caser plus de clients. Mais je ne vais « pas gâcher le plaisir », comme me le demande Maïa, quand je commente les prix de la carte du restaurant : « exorbitants ! » Je parviens à me détendre dans l'atmosphère de belle connivence que Maïa et Laure ont installée, jusque dans leurs gestes. Maïa se penche tendrement vers sa mère pour se moquer du barman, elles pouffent de rire ensemble en tâchant de le dissimuler, quand il agite son shaker avec de grands mouvements théâtraux et une feinte gravité.

Le lendemain matin, je préfère les laisser partir sans moi de l'autre côté de l'île. « Je ne me sens pas très bien ».

— C'est dommage, tu pourrais nous rejoindre, dit Maïa, on pourrait se donner rendez-vous quelque part, pour pique-niquer ensemble.

Cela me paraît trop compliqué, je ne veux pas jouer la trouble-fête, j'ai encore besoin de temps pour me ressaisir et éprouver la solitude.

— Tant pis pour toi, on se verra ce soir.

Laure a emboîté le pas de Maïa pour quitter la table du petit-déjeuner, elle n'avait pas l'air de m'en vouloir.
Après leur départ, je retourne m'allonger un moment sur le lit, en proie à une nervosité dont je ne comprends pas l'origine. Mais mon carnet, comme un talisman, ne me quitte pas. Je feuillette les pages remplies de croqués d'instants saisis lors de mes promenades, je le complète dans ses marges en observant la rue depuis ma fenêtre et je note quelques mots pour conjurer mon sentiment d'effacement : empreinte, mouvement, vertige, vestige. Je passe ainsi l'essentiel de la matinée dans ma chambre sans pouvoir me décider à affronter le spectacle de la richesse ostentatoire des vitrines, là où se pressent des cohortes de touristes du luxe international. Qui sait ce qu'il y a au-delà ?

Soudain je me risque à sortir pour échapper au marasme qui me guette. La foule me terrifie mais je me sens plus stupide encore d'être restée seule à l'hôtel où rien ne peut advenir, bon ou mauvais.

À peine ai-je dépassé les hauts murs qui protègent les villas somptueuses jusqu'aux Jardins d'Auguste, les *Faraglioni* * surgissent au détour d'une allée entre les bosquets fleuris au-dessus de la mer. Comment ne pas s'extasier ? Les énormes rochers qui se dressent dans la mer comme des pains de sucre ont dû inspirer des légendes. La flotte d'Énée les a-t-elle entrevus et craints comme ceux de Charybde et Scylla ? Désormais l'île domestiquée se veut rassurante, grosse bête alanguie couchée dans une posture séductrice, elle joue avec les vagues et nous laisse grimper sur ses flancs lustrés, bordés de balustrades. Arrivée à la grande arche qui surplombe la mer. Je continue de descendre toujours plus bas, en rêvant ; le sentier se rétrécit, les jardins s'enchevêtrent. Cette déambulation sans but adoucit mon humeur et je reviens vers notre hôtel avant Laure et Maïa. Je replie mes quelques affaires dans mon sac de voyage et je les attends dans le hall en buvant une citronnade.

En allant à l'embarcadère, elles m'ont interrogée sur ma journée, je convenais que Capri recèle des points de vue magnifiques, sans avouer que j'avais franchi la porte de l'hôtel. Elles n'ont pas cherché à comprendre.

Sur le pont du bateau, où je suis montée en abandonnant Laure et Maïa à leurs confidences chuchotées, blotties l'une contre l'autre, je laisse la mer me bercer et flotter ma rêverie dans le sillage de la navette. Elle a pris sa pleine vitesse et file droit devant. Je ne sens pas les effluves de pétrole, je goûte l'humidité et le sel sur ma peau poisseuse. Ce trajet a la saveur d'un retour chez moi, je suis contente de revenir à Naples, désormais familière. Capri ne m'a pas plu, *ce n'était pas la ville de mon premier amour\**, mais j'en garderai de belles images.

Le bateau tangue, une vague un peu plus forte le secoue, je m'accroche à la rambarde, je recule juste à temps avant qu'un paquet d'eau m'éclabousse tout entière.

Nous arrivons au port, les passagers commencent à s'agiter, on s'appelle sur les ponts, on s'interpelle en riant. Qui suis-je pour considérer que ces gens se trompent en enchaînant les visites dans les lieux les plus fréquentés, que l'essentiel est ailleurs ? Tandis que je rechigne à profiter du temps sans mesure dont je dispose, eux n'ont que quelques jours pour terminer leur périple et ils se laissent aller à la spontanéité de la découverte, ils applaudissent simplement les beautés attendues, ils remercient la chance qui leur est donnée d'une échappée hors du quotidien. Pourquoi bouder mon propre plaisir ?

Je rejoins Maïa et Laure et je sens ce qui nous lie indéfectiblement. L'une et l'autre m'offrent ce que l'amitié a de plus précieux et de plus rare : un regard sans concession et une confrontation à mes impossibles qu'elles m'aident à repousser, bien mieux que ne le ferait l'amour filial ou celui de Jacques. Je rends les armes.

# 15

Peu après notre retour de Capri, Laure nous a proposé de passer une soirée toutes les trois. « Nous préparerons le repas ensemble. Demain ? Qu'en pensez-vous ? » Aucune de nous ne voulait manquer cette occasion. Nous avons commencé à prendre de nouvelles habitudes. Je suis plus souvent dans l'appartement où l'absence de Laure est désormais la règle. Même Maïa ne sait pas où elle est. Quand je m'en suis étonnée, elle m'a dit en souriant que cela ne la regardait pas, elle se réjouit que sa mère soit heureuse, tant pis si elles se voient peu. « Et de toute façon, je suis de plus en plus occupée ».

Réunies dans la cuisine nous attendons ses instructions. « Ce soir ce sera : *polpette al ragù* ». Laure distribue les tâches. Maïa épluche les légumes, je suis préposée à cuisiner la sauce, *le ragù*, selon la recette que Laure a recopiée et placée à côté de moi, elle confectionne les boulettes de viande en malaxant les ingrédients qu'elle énonce au fur et à mesure : veau haché, pain, lait, œuf. Nous l'écoutons en nous concentrant sur notre tâche. La cuisine est minuscule, nos bras, nos fesses se touchent et la promiscuité nous oblige à essuyer souvent nos fronts moites sur un coin de tablier. Mais cela ne nous gêne pas, Laure a vite ouvert le vasistas qui donne sur la cour intérieure. Aucune d'entre nous ne veut s'installer dans la pièce à côté pour respirer. Nous profitons de cette complicité sensuelle.

Tout à coup, Maïa s'exclame : « Et le dessert ? ». Laure a tout prévu : « C'est la surprise. Je l'ai préparé hier ». Mon amie est capable de préparer un gâteau pour notre seul plaisir. Notre proximité est délicieuse, je me serre contre Laure, j'entoure ses épaules d'un bras, la cuillère en bois dans l'autre main. Elle ne me repousse pas et rit :

— Surveille ta sauce, plutôt !
— Tu veux goûter ?
— Ah non, j'ai confiance, tu as l'habitude de cuisiner, non ?
— Pas ici ! Et j'ignore tout de la cuisine italienne. Comment as-tu appris ?

Les odeurs parfument les vapeurs qui empourprent nos joues, ça sent le romarin, le citron, la tomate, les oignons. Laure est radieuse. *Elle cuisine comme elle doit faire l'amour.*

Maïa a proposé de créer l'ambiance en nous faisant écouter des chansons napolitaines pendant qu'elle ferait le service des apéritifs : « Voici Roberto Murolo, vous allez adorer, écoutez sa voix ! » Laure s'étonne que sa fille apprécie un chanteur des années cinquante mais je suis ravie d'entendre à nouveau les mélodies, gaies ou mélancoliques, que Maïa m'a déjà fait écouter, un soir de blues, le casque sur les oreilles. La soirée commence.

— Lacryma Christi, de circonstance ! dit Laure en brandissant une bouteille.
— Du vin de messe ! Ne me dis pas que tu as trouvé cette bouteille à l'église du Gesù Nuovo ?

— Ça ne risque rien, je ne vais jamais dans une église ! C'est un vin qui pousse sur les coteaux du Vésuve, est-ce que vous percevez ce goût particulier de pierre de lave ?

Tout le monde rit. Nous dressons la table dans le salon, pour le festin qui s'annonce. Maïa a rapporté une pièce de toile de lin tissée à La FabriCa, elle place une bougie dans un photophore déniché au milieu du bric-à-brac que recèle l'appartement. Le service de table de la grand-mère de Rossella a été complété depuis longtemps par des assiettes de faïence multicolore qui donne à la tablée un air de liesse. Laure a pris une figure mystérieuse et je la soupçonne d'avoir quelque confidence à nous révéler.

Maïa est très animée, le projet de journées portes ouvertes de La FabriCa progresse, elle nous montre les photos des sculptures de bois flotté. « Nous ne savons plus où les entreposer ». Elle nous explique que c'est la première fois que les membres de l'atelier tout entier présenteront leur travail. Le petit groupe qu'elle coordonne pour l'évènement aimerait que de nombreuses familles du quartier viennent « et nous voulons que ce soit une vraie surprise ». Laure pose des questions avec une expression de tendresse pour Maïa, elle a toujours admiré son goût de l'action, sa facilité à organiser les choses et son enthousiasme à toute épreuve.

Je les regarde à travers mes yeux embués d'émotion, nous partageons à nouveau notre familiarité de sœurs d'élection, Laure et moi.

J'ai entendu Maïa dire que j'étais « pompette » puis Laure s'est excusée un instant pour rapporter le dessert. Au moment où elle déposait son gâteau sur la table, je me suis jointe aux applaudissements de Maïa :

— Bravo !

— J'ai hésité à confectionner un *babà al limoncello*. Le *migliaccio al limone* n'est pas plus léger, mais plus facile à préparer.

Laure a pris alors un air cérémonieux. Elle a fait tinter son verre de la pointe de son couteau et elle s'est éclairci la voix :

— Et toi Marianne, bravo pour ton *ragù* !

J'éclate de rire et elle commence son discours en proclamant : « Cela fait six semaines exactement que nous sommes ici », déclenchant l'hilarité de Maïa :

— Allez, c'est sérieux, si vous n'arrêtez pas, je me tais !

— Non, non, vas-y !

— Je veux vous parler de Luigi. Son visage s'empourpre. Le mien aussi.

— Je parie qu'il n'est pas le concierge du Château de l'œuf, plaisante encore Maïa et je renchéris :

— Qu'en sais-tu ? Tu n'es pas la Sybille de Cumes !

Laure se défend, affectant d'être vexée :

— Eh bien presque ! Luiqi prétend même qu'Énée est son aïeul. Comme tous les vrais napolitains. C'est une façon de parler, il ne sait pas à quand remonte sa généalogie et cela ne l'intéresse pas vraiment, mais autant dire que Naples n'a plus beaucoup de secrets pour lui et il ne peut pas envisager de quitter SA ville plus d'une semaine.

— Le piège ! s'exclame Maïa.

— Et il va édifier votre éducation napolitaine.

— Tu ne lui as pas dit que c'était trop tard pour moi ?

— Il n'est jamais trop tard pour s'instruire, quand vous voulez il nous emmène à Pompéi, toutes les trois.

— Et tu n'as pas peur ?

— De quoi ?

— Qu'il nous plaise !

Laure a déjoué la plaisanterie de Maïa, en sortant une bouteille de Prosecco. Elle rayonne.

— J'espère bien que Luigi vous plaira, d'ailleurs nous avons prévu de vous emmener au restaurant, pour que vous fassiez connaissance.

Laure s'est dévoilée et je suis bouleversée de la sentir si habitée de l'évidence de leur amour. Rémi était celui de sa jeunesse, Paul a été le compagnon qu'il lui fallait pour se sentir épaulée sans qu'il s'impose et c'est lui qui a élevé Maïa, il lui a donné le cadre que Laure n'aurait pas pu lui assurer. Elle se trémousse comme une jeune fille, débordante de sensualité, elle n'a jamais été aussi belle. Maïa insiste pour que Laure raconte comment ils se sont rencontrés et elle poursuit, radieuse.

Elle prenait le train pour Herculanum, il est venu vers elle, il la croyait perdue et lui a confirmé qu'elle était sur le bon quai, puis ils ont pris place côte à côte dans le compartiment, à cette heure il y avait peu de monde, et ils ont continué à bavarder, très simplement, comme s'ils étaient de vieux amis. C'est ainsi qu'elle nous l'a raconté. Elle ne fut pas surprise quand il a proposé d'être son guide pour visiter le site car il vient régulièrement à Herculanum ou Pompéi dans le cadre de son travail. Il l'a laissée ensuite car il devait rejoindre son équipe pour une mission d'évaluation des risques que les fouilles font peser sur les bâtiments actuels.

Dans un discours enflammé, elle nous explique que Luigi s'intéresse aux constructions antiques, qu'il peut lui parler pendant des heures de la vie des habitants à l'époque romaine et même de l'histoire de la fondation de Naples et jusqu'à la culture de la vigne sur les coteaux du Vésuve. Entre autres choses. Leur conversation n'a fait que commencer ce jour-là.

Comme nous voulons tout savoir, qui il est, dans quelles circonstances ils se sont revus, ce qu'ils font ensemble, où Laure est allée avec lui, elle met fin à cette salve de questions : « Stop ! C'est un véritable interrogatoire ». Je me vois ramenée à notre adolescence, peu avare de confidences et intriguée par ce qui se passait entre les filles et les garçons, désireuse d'apprivoiser notre intimité et ce désir qui frétillait en nous.

Maïa n'est pas en reste, mais elle se tourne vers moi en riant : « Voici le moment où Marianne va vouloir s'excuser ! » Elle propose de réfléchir à un gage. Laure suggère de remettre le procès à plus tard, mes fautes étant trop nombreuses et certaines, prescrites. Elle-même estime ne plus être en état de jouer les procureures.

La musique tourne en boucle depuis le début de la soirée. Roberto Murolo chante pour la troisième fois *Dove sta Zazà*.

## 16

Les rues me sont devenues plus familières, même si mon piètre italien ne m'est pas d'un grand secours. Je ne sais pas le distinguer du napolitain mais il y a toujours quelqu'un qui perçoit mon accent français et qui m'indique la direction que j'ai demandée en bredouillant. Depuis quelques jours j'ai changé de méthode. Je sors désormais sans but, je préfère sillonner la ville en tous sens, je ne crains plus de m'égarer. Le plan de métro m'aide à me repérer. Naples m'impose son rythme, charrie mes rêves, malaxe mes pensées et m'assiège d'émotions, la ville m'habite davantage que je ne l'habite.

Le printemps est arrivé, sous la caresse d'avril. Toutes les femmes se sentent plus jolies, leurs sourires flottent dans l'air ; elles reprennent le chemin de la séduction facile, en jupes dansantes et blouses vaporeuses. Je parcours les avenues sous les orangers en fleurs au feuillage vibrant, les aloès explosent en grappes blanches au milieu des parcs et des jardins et des myriades de fleurs éclatent de mille couleurs le long des allées. Je m'emplis de leurs senteurs qui crèvent comme des bulles au milieu des relents de la ville. Naples s'ébroue et déploie son bouquet d'artifice.

En passant devant un chanteur de rue, j'ai reconnu l'air de Malafemmena qu'a écrit et chanté Toto dans un de ses films. Je pense à Jacques dans un élan d'émotion et je poursuis avec en tête le refrain lancinant dont la traduction m'a touchée : *aussi douce que du sucre... au visage d'ange trompeur... Je t'aime et je te déteste... Je ne peux t'oublier.*

J'arrive au Palazzo Zevallos directement, sur le trajet désormais familier. J'aime venir plonger mon regard dans celui, transparent et voyant, du peintre Francesco Paolo Michetti, comme s'il était mon confident. Son autoportrait me dévisage sans sourire et semble me percer à jour : « Ne t'en prends qu'à toi-même si tu es malheureuse. Tu n'es pas irremplaçable, tu ne fais que passer, les autres n'ont pas besoin de toi, tu n'as pas besoin d'eux » Je me suis montrée odieuse et ingrate envers Laure, son insouciance n'est ni de la désinvolture ni de l'indifférence. Elle m'indique la voie, généreuse. Elle a le droit d'être amoureuse, de s'autoriser au bonheur, de s'y abandonner sans retenue.

La Via Toledo, que le peintre a représentée sous la pluie, tamisée d'une exquise mélancolie, attire le regard parmi ses quelques toiles exposées à côté des œuvres de Vincenzo Gemito dont j'admire également les délicates sculptures de terre et les dessins d'une grâce troublante. Michetti était célèbre, sa renommée internationale; Gemito a traversé une éclipse, avec la folie : il a mis vingt ans à surmonter la disparition de ses compagnes et muses ; son travail patient, sensible, m'enseigne qu'il ne faut pas craindre de trébucher mais au contraire l'accepter, ne pas le reprocher à d'autres, se relever. Gemito n'a pas eu le choix mais il peut arriver que la lutte qu'on engage contre soi-même, trop forte ou trop longue, mène à l'égarement. Sa maladie commence par la dépression dans laquelle le précipite une commande : travailler le marbre, matière froide, pour édifier la statue de Charles Quint, le personnage écrasant d'une histoire qui n'est pas la sienne. Ce qu'il aime c'est pétrir, transformer la terre, il modèle les figures de Mathilde et Anna sous ses doigts et fait revivre les petits pêcheurs de Naples, ces *scugnizzi* * dont il était si proche. Il fige dans le bronze, matière en fusion, ce trop-plein d'émotions.

*Quelle perspective faut-il adopter pour que l'amour se révèle ?* Il n'y a pas d'autre choix que d'accepter de faire le vide. Sombrer pour renaître. Gemito a connu l'amour, il a connu la douleur quand il lui a été retiré.

De retour dans la rue, je réprime un rire, pour ne pas paraître folle, car oui j'ai été folle, de m'être inquiétée pour rien, d'avoir eu peur, folle de refuser d'être dépaysée, d'être ravie à moi-même. Mais l'amour avance à tâtons dans le noir à la recherche de la lumière entraperçue, parfois rêvée. Il ne regarde dans aucune direction donnée, guidé par un regard intérieur, il naît d'une évidence, une révélation, tous sens en éveil. Il voit la Beauté derrière les apparences, il ne s'encombre pas des détails.

L'amour se nourrit de courage. Il suit une piste pavée d'énigmes, de bonnes et mauvaises surprises, il prend toutes les formes mais s'il est tout tracé, on s'y égare. Je ne dois pas retirer ma confiance à Jacques. *Il t'attend quelque part.* Je porte maintenant ces mots comme une invocation. Ou plutôt ce sont eux qui me portent. Ceux de Laure ou de Michetti ? Et de quel désir parlent-ils ? Élan spirituel ou charnel, orgasme ou extase ? Ou force créatrice à laquelle se soumettre ?

Si le passé n'est plus que dans le récit que composent mes souvenirs, le futur sera ce que j'en ferai. Je dois me rendre disponible à ce qui est, je suis prête à tous les aveux, j'aspire à notre prochaine conversation, je te dirai la vérité, Jacques, j'ai tout mon temps. Je dois chercher encore, emprunter le labyrinthe dans lequel s'emballe mon désir informe et impatient.

## 17

Je n'ai pas regardé l'heure en composant le numéro de téléphone de la maison. Jacques décroche et nous sommes surpris tous les deux.

— Tu appelles tôt aujourd'hui, tu fais bien !
— Et toi tu es là, j'ai de la chance.
— J'ai quitté le travail un peu plus tôt et je voulais te parler de changements à venir, une bonne nouvelle je crois. Mais d'abord, raconte-moi tes dernières journées, as-tu vu de belles choses encore ? Tu me fais rêver à chaque fois, j'espère que cela t'inspire.
— Je ne sais plus, j'en ai trop vu, je crois, je me suis perdue dans le tourbillon. Cela peut te paraître étrange mais je crois que j'ai fait une overdose ! Nous sommes allées à Capri grâce à Maïa. J'ai enfin retrouvé Laure.
— Vous vous étiez perdues ?
— Ce serait long à raconter.

Notre dispute avec Laure me paraît irréelle maintenant, et je me retiens de répéter à Jacques ce que Laure nous a confié : l'entrée de Luigi dans sa vie et la nôtre. Cet homme reste pour moi un inconnu et c'est à Laure de décider quand dévoiler la nouvelle à Jacques.

— Tu m'expliqueras tout cela quand nous aurons du temps.

Je me sens loin de Jacques. Il faut nous contenter du téléphone. Une communication par écrans interposés aurait été plus frustrante encore. Nous nous disons tellement plus dans les bras l'un de l'autre, sans mots superflus, ils ne nous sont d'aucun secours à cet instant. C'est la première fois que Jacques ignore ce que je vis vraiment, j'ai l'impression de nous trahir. Je poursuis l'échange pour rester avec lui et entendre sa voix :

— Laure a appris la cuisine napolitaine... Nous avons préparé un dîner ensemble avec Maïa, c'était une belle soirée.

— Tutto bene allora ?

La lassitude a infiltré nos paroles.

— Oui, tout va bien. Mais tu avais des nouvelles à m'annoncer ?

— Nous avons discuté avec l'équipe... très content... des placements...

Sa voix me parvient de plus en plus hachée.

— Allo, tu peux répéter ?

— ... délai... principe... dérangement...

Sa dernière phrase est indistincte.

— Veux-tu que je te rappelle au bureau ?

Je ne le fais jamais et il ne m'a pas entendue.

— Je t'aime.

Je me suis surprise à crier ces mots au moment où notre conversation n'en était plus une, presque comme un aveu impudique. Depuis combien de temps ne lui ai-je pas dit ?

Le téléphone à la main, je suis désemparée. Ai-je rêvé ou cru entendre : « ... ensemble à Naples... » ? Pensait-il à notre premier voyage ? Je ne lui ai rien dit de mon découragement, de ma déception de ne rien retrouver de ce que nous y avions vécu. Je n'ai jamais exprimé de regrets et surtout pas l'idée qui m'a traversée, comme un avertissement, que nous avions entretenu une illusion. A-t-il cru que je n'osais lui proposer de rentrer plus tôt, de peur de paraître inconséquente ? Naples n'aurait été qu'une lubie de femme gâtée, à laquelle son mari consent.

Et s'il avait l'intention de me rejoindre ici ? Ce désir informulé me déchire en une bataille enragée. Revoir Jacques comblerait ce manque lancinant, je reprendrais le chemin de la sérénité que je n'aurais jamais dû quitter. Mais je veux vivre aussi ce que Naples me réserve, j'ai envie de mieux connaître Luigi, de découvrir la femme nouvelle que devient mon amie, j'aimerais voir les projets de Maïa se réaliser. Je voudrais m'emparer de cet instinct puissant qui les anime et que j'ignore, je veux m'épanouir, me rendre disponible, corps et âme. *C'est ton tour... À toi de jouer.*

Il est temps pour moi de braver mes peurs. Ravello, je dois y aller, je veux savoir, y ai-je laissé quelque chose, qu'il me faudrait rapporter à Jacques ? Délice ou souffrance ? Je me sens assez forte pour affronter seule ce souvenir d'un instant de parfaite plénitude où j'éprouvais cependant, à ses côtés, la morsure brûlante d'un chagrin sans motif. Je n'ai jamais pu dissiper la frayeur de voir l'amour s'échapper au moment où je croyais le cueillir.

## 18

Ébranlée par notre conversation manquée avec Jacques et tout ce que j'imagine avoir entendu, je dois choisir : m'en remettre à un signe du destin, par superstition, croire... ce que je veux, ou accepter d'être enfin dessillée, décider en conscience ce qui me revient. *C'est à moi de déchirer le voile.* C'est à moi d'apprivoiser la peur sans objet et la colère sans adresse, à moi d'en sonder la source et de m'en débarrasser. Trêve de dérobades, fin des atermoiements ! Je plongerai dans mes profondeurs, je creuserai plus loin encore pour ne plus douter de l'avenir. Je dois le bâtir sur une plus grande sincérité, contre ces faux-semblants dans lesquels je me suis moi-même enfermée. Le manque de confiance est en moi, je l'ai nié, j'ai voulu le saisir à bras-le-corps en choisissant de consacrer ma vie à élever nos enfants. Je n'ai fait que contourner l'obstacle car oui, j'ai gagné ma confiance en me dévouant à ma famille, j'y ai dessiné mon rôle, j'y ai trouvé ma place. Et tu as tout accepté, Jacques, tu m'as accordé ce que je disais désirer. Et même ce que j'ignorais désirer. Mais je ne me suis jamais demandé si j'aurais dû faire autre chose de ma vie, et de la peinture davantage qu'un divertissement. Nous n'avons jamais remis nos choix en question. Ni toi ni moi. Pourquoi l'aurais-tu fait puisque je ne demandais rien ?

Je me suis décidée à reprendre les pinceaux comme on prend sa vie en main, mors aux dents. J'ai couru jusqu'au magasin de fourniture des Beaux-Arts le plus ancien et le plus beau de Naples, j'ai cédé à toutes les tentations, j'ai acheté des crayons, des craies grasses, des tubes de gouache et un grand bloc de papier. Pour commencer. Un chevalet d'occasion, tout simple et pas trop grand me tendait les bras. Sur un présentoir parmi des reproductions de *vedute*, dont certaines réalisées sur la côte amalfitaine, j'en ai choisi une sans hésiter, je sais déjà où je vais la placer. Je rentre en toute hâte, débordante d'ardeur, serrant contre moi le sac de mes emplettes. Les émotions sont là, accumulées, prêtes à naître de la beauté qui m'entoure et m'emplit, dedans, dehors. Au passage, je salue Dante. Je ne pouvais pas rencontrer de meilleur génie. Je poursuis mon chemin au milieu du défilé des sortilèges, accaparée par mille idées à la fois, je sens le torrent en moi prêt à jaillir.

J'ai aménagé un petit espace à l'extérieur de ma chambre, vers la fenêtre du salon, là où pénètre le plus de lumière depuis la cour. Je rangerai le reste de mon matériel dans ma chambre, je ne veux pas occuper une trop grande place. Maïa s'est dite ravie en voyant mon installation, elle trouve que l'appartement est plus vivant. « Ne veux-tu pas venir travailler à La FabriCa ? Je pourrais demander qu'on te réserve un coin ».

J'ai aussitôt repensé à ce peintre entrevu lors de ma première visite... Bernardo... mais je n'ai pas envie de côtoyer du monde, je veux m'abriter dans le giron de la solitude et goûter ses bienfaits.

« Il n'y a pas si longtemps tu réclamais qu'on se voie plus souvent », n'a pas manqué de relever Laure. J'ai souri à demi de cette taquinerie, je dois bien avouer mon revirement. Elle ignorait que je peignais à mes heures perdues :

— Tu avais réussi à nous cacher ça !

— Maïa le sait depuis longtemps... Je lui ai déjà fait visiter mon atelier, en grand secret.

C'est la première fois que je prononce ce mot devant elle, je remporte une petite revanche qui ne s'avoue pas et surtout une victoire sur moi-même. Laure est enchantée et je m'enhardis : « Vous allez en profiter, je ne vais plus bouger d'ici ! »

Cette amitié confiante, qui préside à tous les consentements, je la dois à Laure et Maïa. Elles ont été présentes depuis le début, discrètement attentives à ce que rien ne manque à notre vie commune. C'est moi qui me suis repliée dans le ressentiment et le mensonge en reprochant leur indisponibilité et, à Laure, sa prétendue indifférence quand il ne s'agissait que de ma pusillanimité. Mais nous sommes seuls à même de définir notre bonheur, où il est, ce qu'il est.

J'observe l'affiche que j'ai rapportée et placée à droite du chevalet. Cette vue de la côte amalfitaine, de ses bourgs juchés au-dessus d'escarpements impressionnants et d'une mer scintillante, me paraît fidèle, d'un lyrisme exalté qui rend justice à un paysage renversant de beauté.

Le soleil décline et pénètre dans la pièce en s'insinuant effrontément entre les deux immeubles qui font face. Seule avec moi-même devant mon chevalet, je passerai le reste de la soirée à ouvrir les tubes de peinture, à humer l'odeur propre de chaque couleur, j'effleure du doigt une feuille de papier. Délicate promesse.

Sur le bloc vierge devant mes yeux, je peux imaginer les murs de Naples repeints en blanc, image d'une absurde et redoutable farce qui étendrait son voile de mort sur les habitants, comme une pluie de cendre qui recouvrirait les rues de la vieille ville et lui ferait perdre toute expression, jusqu'à son âme. Les collages et les inscriptions fugaces s'adressent à qui les regarde, ils sont la toile de fond sur laquelle la vie prend forme. Les graffitis qui couvrent les murs un peu partout dans la ville ne sont pas le fait d'une négligence dégradante des Napolitains mais leur manière singulière et luxuriante de sanctifier la vie, l'expression de ce qu'ils éprouvent, pensent, aiment, une célébration immémoriale. Dans ce décor en palimpseste, quelque chose change et l'on ne sait pas quoi, à la fois mouvant et inaltérable, donc indélébile car il a fallu se battre pour exister encore ; les couches d'histoire se sont incrustées dans la peau de la ville, des cultures se sont superposées dans les rues de la cité antique, de la ville médiévale, du Royaume de Naples puis des Deux-Siciles, avec leurs monuments pour ponctuation. Sous l'étagement des sépultures et des catacombes, les habitants vivent dans la paume de main de la mer, tantôt caressante, tantôt menaçante, sous le regard sévère du volcan.

Tout n'est qu'abondance. Une image se découpe dans la réalité visible et concentre l'éternité dans l'instant. Mon geste m'entraîne, je ne sais pas où. Des couleurs s'invitent en désordre et s'agencent sur la feuille, touches, taches, empreintes, impressions. Elles m'échappent et, une fois posées sur le papier, je distingue une aube vaporeuse, une bataille d'étoiles arbitrée par les dieux furieux ; je vois : des écailles étincelantes, calices d'hibiscus, pétales de passiflores et, en plissant les yeux, des milliers de *cornicelli* \*, rouges comme des piments brillants, un très vieux cactus comme un lézard géant, qui grimpe à l'assaut d'une maison, pour la dévorer, une frondaison de linge formant un dais par-dessus les ruelles.

Je recouvre le geste, je superpose les traits de crayon et les couches de couleurs, rien n'est excessif. Ma fantaisie suit son cours torrentiel, peu importe si je ne garde rien de ce qui apparaît sous ma main. Plus tard, la couleur appellera le motif. Je réinventerai le paysage : un jaune d'or, un rouge écarlate, un violet cramoisi sur les toits rutilants aperçus depuis le Castel Sant'Elmo ; dans les nuages, blancs, gris, bleutés, les nuances topaze et turquoise de la mer qui miroite le long des jetées ; au cœur du noir profond de la nuit épaisse, les îles couchées sous un ciel de feu.

Caravage a tout inventé, avec son chiaroscuro. Cacher l'évidence, c'est discerner l'invisible, c'est désirer la lumière dans l'explosion des couleurs. J'en ai plein la tête et je les jette sans retenue sur le papier.

Nos yeux ne mentent pas autant que les mots. Je reviens à moi, mon regard puise dans mes tréfonds et commande à ma main, la palette obéit, le pinceau prolonge et démultiplie le regard, il glisse sur le papier. Gratitude.

## 19

Laure franchit la porte du restaurant en minaudant, elle fait glisser son écharpe de soie autour de son cou, dans un geste enjôleur de Lolita. Mais je suis touchée plus encore par l'attitude de Luigi, sensible à ses œillades et y répondant par un sourire ému et sincère.

Le patron s'empresse auprès de nous, il tutoie Luigi et nous accompagne à la table qu'il a coutume de réserver, un peu à l'écart. Luigi salue les habitués de loin. « Nous nous verrons dans un lieu neutre » avait annoncé Laure, sans nous dire que ce restaurant lui était familier. Voulait-elle signifier qu'il ne nous recevrait pas chez lui ?

Plus tard il nous explique : « C'est ma cantine, ici vous ne mangerez que des plats traditionnels ! Je sais de quoi je parle car ma mère cuisine encore et c'est aussi bon ici. Enfin presque. » Il se penche vers moi : « Le chef n'utilise que ce qu'il achète aux producteurs de la région » et il ajoute en souriant : « C'est un devoir plus encore qu'une tradition ! ». Laure a dû lui parler de ma nombreuse famille et de ma préoccupation de préparer une nourriture saine pour mes fils. « Ici rien à craindre, le sud de l'Italie regorge de produits bio, c'est ainsi que vous dites, n'est-ce pas ? » Il s'exprime dans un français choisi que fait chanter son bel accent. Je présume qu'il fait ainsi honneur à Laure. Avec cette invitation, il nous montre qu'il est assez délicat pour profiter avec nous de ce moment gourmand, tout en prenant le temps de nous connaître, je ne serais pas étonnée qu'il veuille apprivoiser Maïa.

Luigi est séduisant, je comprends que Laure soit à nouveau amoureuse et je me dis que je n'ai jamais été disponible à quelqu'un d'autre que Jacques. C'est ainsi que je me le représentais, solidement bâti, les épaules larges et bien campé sur ses jambes. Les cheveux noirs et drus, une ombre sur les joues alors que je suppose qu'il s'est rasé ce matin. Le visage mobile, les yeux aussi animés que ses mains, il regarde souvent Laure d'un air prévenant, un franc sourire éclaire son visage ou il pose sa main sur son bras avant de continuer son propos comme guettant son assentiment ; il m'inspire confiance et je me rends compte que je suis en train de l'observer, comme pour être sûre de son inclination pour Laure. Elle m'a confié qu'il était séparé d'une femme depuis quelques années, une Suédoise, qui ne voulait pas d'enfant. Cela m'avait intriguée. J'en suis déjà convaincue, cet homme ne lui veut que du bien. Heureusement Laure n'a pas conscience de mes pensées, tout accaparée par la présence rassurante de son compagnon.

Il est trop tôt pour poser des questions embarrassantes ou trop précises : La Camorra est-elle aussi active qu'on le dit ? Quel est le niveau réel de pauvreté ici ? Ou encore : « accueillez-vous toujours des migrants ? » Il est certain que Luigi sait répondre à toutes les questions, et son métier lui assure de nombreuses relations dans les réseaux de la ville. Luigi est architecte, il aime la bonne chère et cultive ses amitiés, nous a confié Laure. Et surtout, il connaît Naples comme s'il y vivait depuis sa fondation.

J'ai peur de me montrer stupide et je sens l'attente fébrile de Laure à notre égard. Saurais-je faire bonne figure s'il lui prenait l'envie de développer ses savoirs historiques et techniques ? Je préfère aborder un sujet moins rébarbatif.

— Pourriez-vous – peux-tu – pardon, je n'ai pas l'habitude, nous dire quelques mots de l'art baroque à Naples ? Nous n'avons pas encore eu l'occasion d'aller à l'Opéra mais je sais qu'il est l'un des plus anciens d'Italie et sa renommée une des plus fameuses.

Luigi se montre enchanté de ma question, et bien sûr il a eu de nombreuses occasions d'aller écouter les *arie* de la tradition napolitaine au San'Carlo : « Pergolesi, conosci ? Le premier compositeur de l'époque baroque, il a fait la renommée de Naples avec sa Messe solennelle à dix voix. Et Leonardo Leo qui a inventé l'*Opera Buffa* et fait chanter Diane, la déesse de la chasse et de la lune pour endormir le berger dont elle était amoureuse ».

Volubile, Luigi est intarissable sur l'histoire de sa ville et nous livre, tel le maître des lieux, une quantité d'anecdotes, d'une voix au timbre grave, en vrai conteur qui sait captiver son auditoire.

Après tout, lui non plus ne se risquera pas à évoquer un sujet qui puisse prêter à controverse. La salle à manger, rustique, est pleine, les tables sont garnies de belles nappes et serviettes de coton blanc damassé, brodées au nom du restaurant : « Cucina bella ». Graziella, la serveuse, distribue des sourires et des mots aimables en passant avec aisance entre les tables, malgré la promiscuité ; elle reste détendue et arrive à point nommé pour apporter les plats ou desservir prestement. Dans cette ambiance chaleureuse, chaque objet a été choisi avec un goût raffiné, il a assurément son histoire dans cet établissement ancien, on pourrait se croire invité dans la famille. J'apprécie le service de table aux couleurs de la tradition amalfitaine, jaune de Naples rehaussé de volutes bleues et rouges.

Maïa s'est prise au jeu, et ses questions semblent plaire à Luigi, elle s'intéresse à l'architecture et Luigi choisit de nous parler de la venue de Le Corbusier encore jeune homme à Naples en 1911. « Savez-vous ce qu'il disait : Les matériaux de l'urbanisme sont le soleil, l'espace, les arbres, l'acier et le ciment armé, dans cet ordre et dans cette hiérarchie, cette formule me semble géniale, qu'en pensez-vous ? » Je n'ai aucune idée sur la question, Laure boit ses paroles et Maïa, intriguée, préfère le laisser parler. Elle opine avec enthousiasme lorsqu'il cite à nouveau l'architecte : « Là où naît l'ordre, naît le bien-être », mais elle ose émettre une réserve :

— On peut discuter de l'ordre, surtout à Naples, non ? Cela fait rire Luigi.

— Tu as raison mais Le Corbusier nous inspire toujours, ici et je crois partout en Europe.

Nous sommes déjà rassasiées après une assiette de *pasta e fagioli* et les *pesci* cuisinés avec les herbes de Campanie. Luigi a choisi un vin capiteux, le patron lui-même nous fait la surprise d'un dessert maison et nous nous exclamons d'admiration et de plaisir lorsqu'il dépose un magnifique gâteau sur la table, en l'annonçant : « *torta caprese* ! »

On nous verse le café dans un service rouge et blanc reproduisant la baie de Naples et la cafetière arbore un bec verseur aux motifs noirs sur fond blanc comme des oiseaux s'envolant sur la mer.

La conversation s'est amollie et tout le monde sourit. C'est le moment calme où nous devrons bientôt nous quitter mais que personne ne veut écourter. Le patron apporte quatre petits verres de *nocino*, gentiment « offert par la maison ». Je ne peux pas refuser.

Luigi insiste pour nous raccompagner à pied jusqu'à l'appartement et il repart comme convenu, sans Laure qui voulait passer la fin de soirée avec nous. Je devine que Maïa aimerait lui faire part de ses impressions sur sa rencontre avec Luigi et je les laisse à leurs confidences en embrassant Laure avec fougue : « Luigi est un homme... très bien ! ».

En rentrant, je découvre que Jacques a appelé pendant que nous étions au restaurant. Voulait-il partager sa bonne nouvelle ? Il est tard et demain nous avons prévu d'aller voir le Vésuve et Pompéi.

## 20

Le Vésuve est sous nos pieds, napolitains de souche ou d'occasion, touristes ou héritiers de l'Histoire, mais il ne faut pas s'y tromper, il ne nous préviendra pas, il n'épargnera personne. Il fera résonner les grondements des dieux de l'enfer et des forges, toujours prêts à laisser éclater leur courroux. Et il n'est pas seul, il rejoint, dans sa constance de gardien de l'ordre du monde, le Stromboli et l'Etna, qui rugissent comme pour nous prévenir que les hommes ne peuvent pas faire n'importe quoi, qu'ils ne seront jamais les plus forts, que les créatures terrestres sont à leur merci. D'un crachat de mépris, d'une chiquenaude ils soulèveront la mer qui se montrera sous son vrai jour.

Je n'en menais pas large en montant le long des flancs de la colline entre des petits groupes de marcheurs aguerris, bâton à la main, et des gens poussifs dont je me demandais s'ils auraient le temps d'atteindre le sommet et de revenir pour remonter dans le car. Arrivée au sommet qui culmine à peine à mille trois cents mètres, je ne parviens pas à apprécier à l'œil nu la profondeur de trois cents mètres indiqués sur le panneau. La vaste cuvette de lave et l'étendue désertique et noire parsemée d'une végétation rase donnent au paysage un caractère hostile. J'éprouve un léger vertige à la pensée de ce qui se cache dans ce gouffre sans fond et je tourne mon regard vers la péninsule de Sorrente où la vue s'adoucit.

Au loin Capri cingle sur les flots sans jamais s'éloigner de la côte, comme sous le coup d'une *jettatura*, au risque de voir surgir le magma d'entre les plaques tectoniques. La Méditerranée, si charmante au regard, a contourné le pied chaussé de la botte d'où les Cyclopes surveillaient la progression d'Énée arrivant de Troie, elle a fait le tour de la Sicile en venant de Carthage pour se cacher derrière Charybde et Scylla; fourbe, elle s'amuse au souvenir des naufrages auxquels elle soumettait les conquérants. Je la regarde lécher les rochers qui protègent la jetée mais je me souviens qu'elle cache en son sein les ramifications sous-marines, la faille imprévisible d'où sort le souffle pestilentiel des volcans.

En remontant le temps, il est vain d'essayer d'imaginer ce que les premiers colons grecs avaient découvert du paysage d'avant les humains. Ressemblait-il encore à celui qui s'étalait sous le mont Somma vingt mille ans plus tôt ?

Luigi conduit lentement sur les quelques kilomètres qui rejoignent Pompéi. Emmener trois femmes lui confère une responsabilité qu'il semble prendre plaisir à exercer, il contrôle la situation. Sous le coup de l'appréhension qu'a provoquée en moi la vue du volcan, un des plus actifs de la planète, je lui demande s'il est toujours dangereux. Sans quitter son ton léger Luigi annonce que la prochaine effusion du cratère pourrait bien être pire que toutes car le bouchon, devenu très compact, n'a pas sauté depuis 1944, la plus longue interruption depuis qu'on étudie les mouvements sismiques. « Il ne s'est rien passé depuis, enfin sauf le tremblement de terre qui a fait près de vingt mille morts en 1980, en une minute et demie et il a fallu des années pour tout reconstruire ». Il rappelle qu'à cette occasion qu'Andy Warhol est venu à Naples peindre sa série de Vesuvio.

— Oui, s'exclame Maïa j'ai vu l'un de ces tableaux à Capodimonte !

Tout en conduisant, Luigi nous explique ce qu'il avait retenu de son père à l'âge de dix ans :

— Il estimait que j'étais assez grand pour savoir ce qu'il avait vécu au même âge que moi : cela faisait près de quarante ans que le Vésuve était calme et tout à coup, il explosait.

Son père lui avait montré une collection de photos, la plupart en noir et blanc, des coupures de journaux qu'il avait gardées, qui rendaient à peine compte de la vision dantesque des habitants de l'époque.

— Cela se passait au moment où les Américains venaient nous libérer, ils étaient là depuis plusieurs mois, la misère et la folie régnaient à Naples depuis les *Quattro Giornate\** de septembre 1943. Vous avez entendu parler de l'insurrection des Napolitains contre l'armée allemande ?

Maïa n'en sait pas plus que moi et nous nous jetons un regard interrogatif tandis qu'il annonce :

— Passons, je vous expliquerai, vous vouliez en savoir plus sur le Vésuve, non ?

Luigi se souvient très bien de sa terreur à l'époque :

— Comment la Montagne que je voyais tous les jours de ma fenêtre, et dont la présence me semblait protectrice, avait-elle pu entrer dans une telle furie ?

Dans le tableau dépeint par son père, beaucoup plus impressionnant que les photos, les flammes s'élevaient dans le ciel, au-dessus du volcan qui gémissait et vomissait des coulées de lave incandescente tandis qu'il regardait, avec les garçons de son âge, les jeeps des militaires anglais et américains et des camions partant à la recherche des blessés ou des morts. Un nuage de cendres et de *lapilli* obscurcissait le ciel et des avions de guerre s'étaient lancés à l'assaut de la *nuée ardente* pour tenter de la dissiper, des pilotes courageux étaient morts dans l'explosion.

— Mon père m'a décrit la fuite éperdue des gens qui couraient en tous sens, leurs plaintes et leurs pleurs, certains cherchaient un abri, d'autres voulaient quitter le leur car il n'était pas sûr. J'écarquillai les yeux, je me serrai contre mon père et les nuits suivantes ramenaient le paysage terrible dans mes cauchemars. Je craignais que cela recommence.

À l'époque, certains voyaient une terrible coïncidence entre les secousses du volcan et les évènements de la guerre. « C'était comme si l'enfer allait tous nous engloutir pour nos péchés ! » avait dit son père puis ses parents l'avaient emmené pour la procession de San Gennaro, à nouveau convoqué car il avait su arrêter la lave un siècle plus tôt, la main levée sur le pont de la Madeleine, tel que sa statue le représente depuis.

Luigi s'arrête un instant tandis que nous l'écoutons religieusement, un peu effrayées.

— À vrai dire je ne suis pas sûr que mon père n'ait pas puisé ses images dans *La Pelle*, le livre de Malaparte, le seul où j'ai reconnu l'ambiance qu'il m'avait décrite, mais je n'ai jamais oublié ses paroles.

Nous restons silencieuses et Luigi veut nous rassurer en nous expliquant que les autorités locales ont un plan pour acheminer les habitants de Naples « au cas où ». Six cent mille personnes pourraient être évacuées en quelques heures. Mais tout dépendra de l'ampleur du phénomène. Et il se met à rire : « Nous préférons croire que cela marcherait ».

— Je sais que le Vésuve peut exploser à tout moment, alors à quoi sert de s'affoler ? Il est là pour nous rappeler que nous ne sommes rien à l'échelle des temps géologiques. Et qu'il faut vivre ! C'est la peur qui crée le danger.

Maïa est bien d'accord avec lui : « Sinon, on ne fait jamais rien ! » Je m'étonne :

— Le volcan me parait un danger bien réel ! Alors il ne servirait à rien de se protéger ?

— Ni du volcan ni de toute autre chose, vous pourrez dire que nous sommes fatalistes, mais nous sommes toujours là, fidèles !

Luigi est-il optimiste ou galvanisé par son amour pour Laure ?

Nous n'avons pas vu passer le trajet jusqu'à Pompéi. Luigi constate qu'il est un peu tard en garant la voiture et Maïa confirme qu'elle aimerait bien manger quelque chose avant de commencer la visite du site archéologique.

## 21

Pendant le déjeuner dans une pizzeria de Pompéi, Luigi avait toujours envie d'évoquer son éducation napolitaine. Petit, il est venu ici plusieurs fois avec son père. Il ne lui lâchait pas la main pour circuler entre les villas, les jardins et les monuments antiques. Au milieu des vieilles pierres, il échappait à l'ennui en se livrant à des calculs abstraits : huit siècles de civilisation avaient disparu en vingt-quatre heures et il marchait sur la tête de plusieurs milliers de personnes ensevelies sous des tonnes de cendres et de pierres, dont on avait tout ignoré pendant dix-sept siècles. La visite était devenue plus concrète et plus passionnante pour lui quand son père lui avait expliqué le procédé de moulage mis au point par Fiorelli en 1860 pour mettre à jour les corps en creux des personnes mortes sous les décombres et les fumées toxiques. Il les lui avait montrés. Luigi en gardait le souvenir bouleversant.

— C'est à Pompéi qu'a commencé ma passion pour l'archéologie et l'architecture, on a retrouvé des maisons entières quasi intactes, si bien conservées qu'on peut facilement imaginer comment elles furent habitées. C'est ce qui me touche le plus. Un tiers seulement a été exhumé, car l'ancienne Pompéi est sous la ville moderne. Je vous montrerai où nous en sommes des programmes de fouille.

Maïa en profite pour raconter sa dernière aventure. Elle est déjà venue à Pompéi. Un après-midi, elle s'est attardée dans le jardinet où un mausolée rend hommage aux derniers habitants ; assise dans l'herbe, elle pensait à leur fuite vaine sous le souffle brûlant en préférant imaginer qu'ils n'avaient pas souffert longtemps.

> — Quand j'ai voulu quitter le lieu il n'y avait plus personne alentour, je me suis avancée dans les allées, je me suis rendu compte que j'étais seule et mon cœur s'est mis à battre, c'est vrai. Des chiens traînaient dans les ruines désertes, je suis entrée dans plusieurs maisons et j'ai fini par m'installer dans un endroit paisible, un peu à l'écart.

Luigi est dubitatif :

> — Comment as-tu réussi à ne pas être repérée ? Il y a des gardiens et en principe ils vérifient que personne n'est resté à l'intérieur après la fermeture.

> — Il y a du monde à Pompéi, le soir ! Des jeunes étaient installés un peu plus loin, vers le petit théâtre, ils ont commencé à fumer en discutant, une ou deux bouteilles ont commencé à circuler.

> — Et alors ?

> — C'est tout. Ils sont partis un peu plus tard. Moi je suis restée là, j'étais à l'abri, je n'avais pas froid, je me suis endormie et je me suis réveillée une

ou deux fois dans la nuit. Il faisait pleine lune, c'était irréel. Au matin quand le site a ouvert aux premiers visiteurs, je me suis mêlée à eux. Je me suis aperçue que j'avais dormi dans le temple d'Isis.

Laure ne réagit pas, je gage qu'elle a pris son parti de l'indépendance de Maïa. Ou prend-elle acte de ce que rien de grave n'a eu lieu puisque Maïa est là.

Je ne dis rien car Maïa m'a déjà raconté cette histoire. J'avais trouvé insensée cette façon de braver les interdits et de se mettre en danger. Mais finalement, je sais peu de choses de Maïa, la petite fille que je connaissais a changé elle aussi. Veut-elle fêler l'image trop lisse que nous avons d'elle, sa mère et moi ?

Je laisse flotter mes pensées en observant Laure et Luigi, et je me demande d'où vient l'impression qu'ils dégagent, d'un couple lié depuis longtemps. Eux aussi se comprennent sans mots. Le regard de Laure montre qu'elle est sûre d'elle, de ses sentiments comme de ceux de Luigi. L'amour de Jacques, le mien pour lui, ont-ils jamais eu la même force ? Pourtant je sais ce que Laure pense de l'amour : il a l'intensité de chaque instant vécu pleinement, qu'une nuit ou vingt ans se soient écoulés auprès de quelqu'un. Avec sa conception singulière de la fidélité, elle proclame être de taille à vivre seule, ne rien devoir se prouver, et ne pas croire à la nécessité de vivre avec un homme. Elle m'a fait un jour une réflexion bizarre, elle n'avait plus besoin de son père. *Moi non plus*, avais-je pensé. Si Luigi est là, ce n'est pas seulement parce qu'il lui plaît, ce qui passerait toute autre considération, mais aussi parce qu'elle ne peut pas le croire machiste. Laure m'a rapporté qu'il s'était séparé d'une femme qui ne voulait voir en lui qu'une virilité triomphante, un homme, un vrai ! Comme elle riait, j'ai osé lui demander : « Et alors ? »

— Je ne suis pas déçue !

Plus sérieusement elle m'a expliqué qu'il était resté longtemps seul, lui non plus ne voulait pas reproduire un schéma. Certes à l'époque de son enfance, il était inutile que sa mère travaille mais son père respectait la peine qu'elle se donnait afin que rien ne manque à leur confort dans la maison. Il avait toujours été là pour lui donner une éducation stricte et attentive ; dans cette atmosphère affectueuse il n'avait pas été contraint de se comporter en adulte responsable dès l'âge de dix ans, pour se montrer à la hauteur des attentes de sa famille.

Je crois reconnaître là ce que Jacques m'a aidé à construire en nous éloignant des modèles de nos parents, un aménagement, notre vérité. Cela a commencé à Naples. Je suis heureuse que notre couple perdure. Bien sûr, nous avons changé, l'un et l'autre, insensiblement, portés par le désir de complaire à l'autre ou ne pas le froisser et non dans une soumission à son jugement ou à sa volonté. La manière douce de Jacques, sans ironie ni exigence, m'a plus souvent aidée à saisir qu'une de mes mauvaises habitudes le dérangeait ou qu'un aspect de mon caractère lui était désagréable. En me montrant moins entêtée, mon regard s'est modifié, je suis plus tolérante, je vois davantage sa manière d'être comme une bonne influence à laquelle je me plie sans trop d'effort. J'ai vu Jacques se déprendre aussi à certains usages, des manies à mes yeux ou ce que je pouvais considérer comme des travers, une certaine froideur par exemple, qui le dispensait de me témoigner son affection aussi souvent que je le souhaitais. Lui a pu s'agacer de ce qu'il appelait ma « sensiblerie » qui parfois pouvait confiner à l'apitoiement sur soi. Il m'a aidé à me corriger de traits dont je n'avais pas à me glorifier et qui pouvait nous opposer sans vrai motif.

Laure estime qu'être en couple c'est être obligée à des concessions ; peut-être a-t-elle cru trop renoncer. Luigi et elle vont-ils s'adapter l'un à l'autre et jusqu'où, sans que chacun renonce à soi ?

Il est trop tard pour commencer la visite promise par Luigi. Il est retenu par un appel plus long que prévu, il s'en est excusé et la journée s'achève par une halte éblouie dans l'église de Notre-Dame du Rosaire au centre de la ville, sous la voûte richement peinte d'un couronnement de la Vierge et dans une débauche de marbres et d'ors étincelants. Chacune déniche son petit coin en retrait dans une des nombreuses chapelles, la journée a été riche d'émotions. Les ruines de Pompéi attendront de nous révéler leurs secrets.

## IV

*Lorette me soufflait à l'oreille : « Tu les as bien eues ! »*
*Se mesurer aux autres, se dépasser, je m'y refusais, mais*
*je voulais ses félicitations, qu'elle partage avec moi*
*le goût doucereux de la victoire,*
*c'était la nôtre.*
*Elle me prenait par le cou et m'embrassait à me faire mal.*
*Je m'étais surtout battue contre moi-même et je rentrais en*
*classe les genoux flageolants,*
*les filles se lançaient des regards noirs, entre clans,*
*défi et revanche en vue.*
*Jeux d'alliances éternelles et ruptures définitives,*
*passion et trahison.*
*Déjà pointait la petite voix sinistre qui me disait que c'était la*
*dernière fois, qu'il faudrait à nouveau braver le danger,*
*que j'aurais moins de chance demain.*
*Mais accepter la réussite, célébrer sa victoire*
*en toute fierté, toute humilité,*
*se contenter de la satisfaction que donne*
*l'accomplissement de ce qu'on s'est promis quand*
*d'autres défis viendront,*
*je ne le savais pas encore.*

**22**

Pendant le week-end, j'avais presque oublié l'appel de Jacques et je me préparais à lui exposer tout ce que nous avions fait depuis deux jours mais c'est lui qui m'appelait depuis son travail et son ton un peu sec signifiait qu'il était pressé :
— Je commençais à m'inquiéter
— Il n'y a aucune raison, tu sais, nous sommes partis…
Il m'a interrompue :
— Tu ne veux pas savoir ce que je voulais te dire ?
— Oui, bien sûr, chéri, tu m'as annoncé une bonne nouvelle ! Alors dis-moi.
— Je te dirai cela quand je serai à Naples, dans trois jours !
Comme il riait, j'ai cru qu'il plaisantait mais il a ajouté :
— Il fallait tout de même que tu le saches, non ?
— Oh Jacques ! Je bredouille : Mais… il s'est passé quelque chose et tu préfères venir me l'annoncer ?
— Mais non, ma chérie, tout va bien, j'ai trouvé pénible notre communication ratée, j'avais besoin de te voir. Tu sais cela commence à être long sans toi… J'espère que ça ne te contrarie pas ?

— Non, bien sûr, on va s'organiser.

Ma voix est un peu hésitante. Je pense immédiatement à Laure et Maïa. Comment vont-elles réagir ? Je suis prise de court, entre le désir de revoir Jacques, de lui montrer mes dernières découvertes et l'anticipation de la fin prochaine de mon séjour alors que je commence à apprécier mon indépendance. Jacques a senti mon embarras :

— Nous pouvons réserver un hôtel pour ne pas déranger tes amies.

Je ne sais quoi répondre à ce que je ressens comme une pression de sa part. Il l'a deviné :

— Réfléchis-y de ton côté, je vois bien que je te bouscule. Et je sais que tu n'aimes pas ça !

— J'ai compris beaucoup de choses tu sais... Tu pourrais être surpris.

— Je ne demande que ça !

En quelques mots, il réinstalle notre douce connivence et gomme l'appréhension que je sentais naître. Je suis tout à fait sereine au moment de raccrocher.

Mais le lendemain, j'annonce sa venue à Maïa en pleine panique. Je n'ai pas réussi à dormir, j'ai retourné en tous sens les bonnes raisons qu'il aurait de m'acculer à un choix radical : et s'il était las de m'attendre et de s'occuper de tout à la maison ? Regrette-t-il de m'avoir offert cette longue permission ? Sera-t-il déçu en arrivant ici ? Et si...

J'ai échafaudé toute la nuit l'idée que Jacques allait me poser un ultimatum en exigeant mon retour immédiat et en me demandant d'abandonner la peinture. Maïa s'étonne :

— Pourquoi le ferait-il ? Cela ne lui ressemble pas. Et sait-il que tu t'y es remise ?

— Je crois que peindre est devenu très important pour moi, c'est comme si j'étais obsédée par rattraper le temps perdu, ce matin la seule chose qui m'a calmée c'est de m'installer devant mon chevalet.
— C'est normal, non ?
— Je ne sais pas mais quand je vais rentrer chez moi il faudra bien que je m'occupe de ma famille.
— Tu n'imaginais plus repartir ?

Maïa vient de poser la bonne question, c'est comme si j'avais oublié que le voyage touchait à sa fin, que Jacques vienne ou non, et elle s'alarme de mon agitation :

— Tu devrais appeler Laure.

Je n'y avais pas pensé. Pourquoi devrais-je la questionner sur tout ce qui m'arrive ? Je suis fière que cela ait changé entre elle et moi. Pas seulement parce qu'après les présentations avec Luigi au restaurant, elle a pris ses quartiers chez lui, où elle emporte peu à peu ses affaires personnelles. Je l'appelle sans hésitation, ce n'est plus pour lui demander conseil. Elle comprend mon affolement et l'apaise aussitôt en me faisant remarquer que je fais les questions et les réponses. Et elle me rit au nez ouvertement : « Et si tu laissais venir les choses au lieu de te faire des nœuds au cerveau, quand Jacques sera là, tu verras avec lui. »

Je me suis tranquillisée en me mettant au travail, dans une sorte d'urgence ; je veux surprendre Jacques, lui montrer mon habileté et ma nouvelle audace. Devant ma feuille vierge, je ferme les yeux, j'aspire l'air à pleins poumons, le monde pénètre dans mes narines comme une lame de fond, jusqu'à l'étourdissement. Inspirer et me laisser déborder par la sensation jusqu'à ce que l'impression se précise, se transmette à la main. Ne pas défaillir, ne pas déserter, construire une digue pour supporter la force de l'image qui vient quand la vague se retire. Expirer et ne retenir du souffle que l'inspiration. J'ai entrepris de représenter mon souvenir de la côte amalfitaine, le paysage se construit sous la dictée de ma main, mes yeux courent, entre l'affiche que j'ai fixée au mur et le souvenir qui se rappelle à moi à chaque coup de pinceau. Sur le papier, la mer s'étale et part à l'assaut des fragiles constructions, je me souviens de Ravello, de ce village perché au bout d'une falaise d'où on contemple en contrebas les minuscules maisons accrochées aux pentes, Minori, plus loin Maiori, et surtout la mer qui s'apprivoise en caressant le rivage. Et soudain cette certitude : je ne veux plus aller seule à Ravello.

    Maïa est passée cet après-midi cet après-midi là, il reste peu de temps avant l'ouverture des journées portes ouvertes de La FabriCa, une grande première. Survoltée, elle a poussé du pied la porte de sa chambre pour ressortir aussitôt un carton sous le bras : « je ne m'arrête pas... » La porte a déjà claqué derrière elle. Elle a constitué une petite équipe autour d'elle, elle passe son temps à soutenir les artisans qui présenteront leur travail pour la première fois et douteront jusqu'au dernier moment d'en être capables : « Nous ne serons jamais prêts — Ce que j'ai fait n'est pas présentable — Est-ce vraiment nécessaire de se lancer dans cette opération ? ».

Il faut aussi demander l'accord de la mairie, préoccupée que le rassemblement soit trop important. Maïa en a parlé avec Laure qui l'a aidée à préparer un tract. Il sera distribué dans tout le quartier par des bénévoles, quelques affiches seront apposées pour toucher des gens un peu plus loin. Elle a réussi à entraîner Luigi dans l'aventure, il lui donne des conseils pour ne pas effaroucher la population la plus proche. Grâce à lui, un certain Pippo s'est chargé de présenter le projet à un ami, conseiller municipal, qui a découvert le lieu et a été sensible à la sincérité de leur initiative ; il a rappelé que pour les autorités locales cela doit rester une exposition de quartier en vue du développement culturel et ne surtout pas couvrir des revendications politiques. Il n'était pas certain d'obtenir l'adhésion des gens du quartier sur des enjeux d'intégration de jeunes étrangers.

L'activisme de Maïa me détourne de la fébrilité qui me gagne chaque fois que je pense à l'arrivée prochaine de Jacques. Mais je n'ai pas réussi à la convaincre de m'accompagner au Musée archéologique. Je comble l'attente, j'évite de me projeter dans le futur, ce n'est pas ainsi qu'on soigne ses doutes. L'esprit s'égare dans d'insondables conjectures, mieux vaut réserver mon imagination aux couleurs de mes paysages. Je me raccroche aux exhortations de Laure : « Laisse faire ! » Elle, depuis longtemps, s'est débarrassée de ces questionnements, elle me ramène à la réalité :

— À quoi sert de te torturer, nous n'avons aucun contrôle sur ce qui va se produire et personnellement ça me rassure.

Pendant longtemps, je ne comprenais pas que pour elle, imaginer ce qui va se passer est un frein, cela nous fixe sur des rails et limite nos possibilités d'agir par nous-mêmes.

> — Tous les gens qui vont consulter des voyantes passent leur vie à vérifier qu'elles leur ont dit juste.

Quant à la prémonition, c'est, pour ceux qui y croient, une autre manière de justifier à leurs propres yeux la manière dont les choses ont déjà eu lieu.

> — Ton destin, c'est toi qui le fais… mais on n'a pas prise sur tout !

Je m'enfuis au Musée, où la fréquentation des vestiges archéologiques calme mon esprit perturbé. J'interroge les arcanes de notre humanité à travers les immenses salles du Musée et la fatigue de ce parcours dans le temps me ramène à mes justes proportions, à l'ordre des choses. Les fresques, les bas-reliefs rendent compte d'un ancien mode de vie qu'on aime à croire sublime, tant il est magnifié dans la finesse d'observation et la grâce de ses représentations. S'il n'était pas enchanteur pour tout le monde, le mystère de ce passé lointain mêlant le rêve à la réalité me confirme à mon existence et stoppe mon acharnement à deviner ce qui va se passer, il referme les abîmes que j'ouvrais sous mes pieds. Nous venons tous de très loin, ceux qui ont vécu et dont des artistes ont laissé les traces de leur passage et nous, vivants d'aujourd'hui, ignorants de ce qui sera. Ils ont été. Je suis. Il n'y a rien ensuite.

## 23

Les trois jours sont passés. Jacques est devant moi. Je suis troublée, les bras ballants. C'est lui qui me sourit et c'est un autre que je regarde, présent de tout son corps.

Avant que j'ouvre la porte, il a posé son petit bagage, il me tend les mains et m'attire dans ses bras où je peux enfin me lover. Tout s'évanouit, dans sa chaleur, son odeur, mêlée à celles du train, la nuit dans les couchettes. Maintenant, je vois les cernes sous ses yeux. Mais le sourire qu'il affichait quand je l'ai accueilli sur le quai ne l'a pas quitté et sur le trajet, nous avons à peine échangé quelques questions banales : « As-tu fait bon voyage ? », « Comment vont les enfants ? », « Qu'avez-vous fait pendant tout ce temps, avec Laure et Maïa ? » Il est trop tôt pour répondre. Et par quoi commencer ?

L'appartement est désert, je suis soulagée, à l'abri, une fois la porte franchie, débarrassée de ma gêne à recevoir Jacques comme s'il était un étranger. Il découvre les lieux, il regarde autour de lui et je le laisse un instant au salon pour lui préparer un café, je sais qu'il l'aime fort et en grande quantité, « installe-toi, je reviens », il me laisse agir, n'ose pas encore m'emboîter le pas, il veut se familiariser, il fumera une cigarette, j'ouvrirai la fenêtre car ce sera la première depuis que nous sommes là. J'ai pensé au repas de ce midi, je préparerai une grande assiettée de spaghettis à la tomate, je veux l'accueillir, toute à la célébration de sa présence inattendue, inespérée.

Plus tard, je lui demanderai pourquoi il est venu, mais dans l'immédiat je suis curieuse d'apprendre la nouvelle qu'il a retenue jusqu'ici et je me serre contre lui, sur le fauteuil vert du salon. Un peu étroit pour deux, il émet un craquement de mauvais augure. Jacques s'assied par terre, la tête entre mes genoux. J'ai l'impression qu'il est là depuis toujours :

— Tu sais, la première fois, quand nous sommes venus ensemble, c'était plus facile. Je me suis sentie un peu seule parfois sans toi.

— Tu ne l'as pas dit, tu ne m'as pas souvent appelé, j'ai pensé que tu ne t'ennuyais pas.

— Je ne me suis pas ennuyée, au contraire, et j'ai beaucoup réfléchi, j'ai beaucoup de choses à te dire.

— Moi, j'ai pensé à nous.

Ses mots sont restés en suspens.

— En voyant Laure et Luigi, très amoureux, je me suis dit que nous n'avions pas la même vision du couple, elle s'est toujours voulue très indépendante.

— Nul doute qu'elle évolue avec Luigi, au fil des années. Nous avons changé aussi. Es-tu partie pour nous mettre à l'épreuve ? Tu ne te sentais pas libre ?

J'ai rougi de sa question, je n'étais pas sûre d'avoir compris.

— Oh non, je ne fais pas ce genre de calcul, je ne savais pas pourquoi je venais ici, j'ai reproché à

Laure de m'avoir entraînée, puis j'ai compris que j'étais injuste.

— Et tu sais pourquoi tu es là désormais ?

— J'ai mesuré à quel point la peinture compte pour moi.

J'ai hâte maintenant de présenter à Jacques le tableau que j'espérais terminer avant sa venue, sans aucune appréhension de ce qu'il me dira. Mais il n'est pas encore temps.

— Quand tu es partie j'étais heureux que tu prennes du temps pour toi, cela ne posait de problème à personne.

— Mais Jacques, je n'avais pas les moyens de me payer ce voyage.

— Tu allais à Naples, c'est une magnifique destination et celle que nous avions choisie pour nous dire, pour dire à nos familles : « Nous formons le couple que nous voulons. »

Nous avons déjà trop parlé. Je me laisse entraîner dans la chambre, il est temps pour lui de se reposer. Allongé sur le lit, il regarde autour de lui en baillant mais dès que je le rejoins, nous roulons l'un vers l'autre. Enfin, mes larmes coulent de toutes les tensions accumulées et Jacques me serre contre lui : « Tu es ma fontaine ». Le désir monte en chacun de nous mais nous voulons retarder encore le moment de notre embrasement. Nous restons dans ce trouble délicieux. Jacques ne me laisse pas ajouter un mot et me ferme la bouche d'un baiser avant de nous endormir dans l'humidité chaude de nos souffles, au rythme de nos battements de cœur. Nous émergeons à cinq heures surpris de la lumière vive d'un rayon de soleil qui joue sur les plis de la couverture.

D'où vient l'inquiétude ? du manque ou de la peur de l'échec ?

Il est tard, nous arpentons la promenade de Chiaïa dans la douceur d'une soirée de pleine lune. Elle nous aide à repérer une barque cachée dans les eaux noires entre les rochers. La nuit est sans attente. Il faut le temps d'arriver pour être ailleurs. Un peu à l'écart des passants, des couples s'enlacent. Des cafés se succèdent en clignant de leurs lumières aguicheuses. Le luxe est une nappe blanche sur la table du Chalet Ciro où plusieurs assiettes de bouchées fourrées, *pizzette*, amandes et noix salées font fête à nos verres, un Aglianico au rouge de velours que j'ai choisi, et la bière en robe d'or pailleté que boit Jacques. Ce soir je l'emmène déguster une pizza.

Jacques en profite pour m'annoncer sa bonne nouvelle, il a reçu une promotion, mais le plus important est qu'il aura beaucoup moins de déplacements et il sera plus disponible. Il rentrera plus souvent le soir à la maison et les week-ends.

— Mais ne t'inquiète pas, je te laisserai tout le temps que tu voudras pour peindre !
— Alors nous n'aurons plus de temps pour nous !

Il relève ma plaisanterie par un clin d'œil.

— Si, car les garçons vont être très occupés, ils auront beaucoup moins besoin de toi : Thomas rentre en première année à l'université, il veut s'inscrire en économie plutôt qu'en droit, Victor a réussi ses compétitions de judo, il veut s'entraîner davantage, et Charles... Devine ?

— Je ne sais pas.

— Il est amoureux !

Moi qui voyais notre fils secret, ombrageux, assez tendre pour craindre de s'attacher ou maintenir des relations, je n'en reviens pas. Il a donc tellement grandi en mon absence. Jacques l'a toujours perçu comme un rêveur, un poète mais le goût de Charles pour la solitude, sa réserve ne l'ont jamais inquiété : « il est comme toi ! Nos fils sont très différents, voilà tout ! »

— Tu ne veux pas les oublier un peu... Nous n'avons pas toujours été parents.

Tout est juste, Jacques et moi sommes ensemble et même si les mots sont inutiles, j'aime l'entendre dire qu'il est content d'être là et affirmer qu'il n'a rien prémédité.

En quittant le café, nous passons devant la sirène de la piazza Sannazaro, et nous patientons dans la file d'attente d'une pizzeria de quartier où je suis allée de nombreuses fois avec Laure et Maïa. Quarante minutes s'écoulent sans que nous le remarquions, Jacques s'amuse de la vigoureuse efficacité de la jeune hôtesse dont la voix claironne les noms des clients notés sur une liste, elle les coche au fur et à mesure que les tables se libèrent.

La commande est aussitôt prise et les pizzas s'avancent, brillantes de coulis de tomates cramoisi et copieusement huilé, décorées de leur garniture aux noms croustillants dans la bouche des serveurs qui s'insinuent entre les tables et annoncent à la cantonade : *zucca e crema* * ? *pomodoro y asciughe* !

J'ai montré à Jacques mon unique tableau avant de partir en déclarant par précaution qu'il n'était pas tout-à-fait fini. Je le regardais sans ciller, il restait pantois avant de se prononcer :

> — Je ne m'y attendais pas, c'est… très fort. Cela ne ressemble à rien de ce que tu faisais jusqu'ici.
>
> — Ça se voit ?

Il a ri puis donné à son visage une expression attentive, il a pris un ton respectueux, que je n'osai penser admiratif :

> — Et cela ne ressemble à rien que tu m'aies déjà montré… ton choix de couleurs… très personnel, très suggestif et ta composition est originale.

Jusqu'ici j'étais persuadée que Jacques voyait la peinture comme le passe-temps de la mère au foyer que je suis, que j'étais. Il venait quelquefois jusqu'à mon atelier et s'il me voyait concentrée, il posait sa main sur mon épaule ou embrassait ma nuque, et tournant les talons : « Prends ton temps ! », ce qui avait pour effet de précipiter la fin de ma récréation. Il ne m'avait jamais reparlé d'exposition depuis qu'il m'avait suggéré d'en parler au maire de la commune. J'avais décliné car je me voyais mal exposer au milieu des aquarelles mièvres et des couchers de soleil veloutés et flamboyants que la peintre du quartier reproduisait sans cesse, sur la même mer d'huile. Si Jacques ne voyait pas de différence, c'est qu'il n'y en avait pas.

> — Tu veux dire… ça te plaît, vraiment ?
>
> — Ça plaira à beaucoup d'autres… Il faut que tu persévères dans cette voie, que tu présentes ton travail !
>
> — C'est un peu prématuré, tu ne crois pas ?

— Il faut préparer quelques toiles bien sûr, et les proposer à une galerie, tu peux aller voir Robert Bontemps par exemple.

D'où vient l'inquiétude ? de la facilité, de l'excès de cadeaux immérités ?

## 24

Nous sommes partis le plus tôt possible ce matin pour être à Ravello avant l'arrivée des premiers touristes, il m'est devenu évident que nous devions effectuer ensemble ce voyage vers nous-mêmes comme un retour aux sources. C'est avec Jacques que je veux affronter mon ultime appréhension et l'intensité brûlante de mon souvenir.

Nous avons oublié l'agitation citadine en quittant la voie principale qui mène à Salerne ; sur la route plus étroite la forêt s'étoffe peu à peu tandis que s'espacent les villages de montagne.

Il y a vingt ans, nous avions emprunté le même trajet jusqu'à Ravello, destination que nous avions choisie pour n'être ni la plus proche ni la plus prisée de la côte, un coin secret où nous serions loin de tout. Je goûte aux côtés de Jacques la sensation délicieuse de nous échapper à nouveau loin du monde connu et de me sentir en sécurité. Il devine mon sourire et me le rend en restant attentif à la conduite. J'aime notre complicité muette comme au premier jour. Notre aventure nous ramène aux origines.

Le trajet nous permet d'approcher lentement nos souvenirs et m'aide à ne plus redouter ce que je vais mettre au jour. Je suis avec Jacques et tout peut arriver à présent.

Nous préférons garer la voiture avant d'entrer dans le bourg, juste en dessous du cimetière dont la grille d'entrée est ouverte. En haut de l'escalier d'accès, un employé pose son balai et nous apostrophe, sourcils froncés, suspicieux envers nos têtes de touristes. « Que faites-vous ici ? » Le jardinier est aussi le protecteur des lieux. Il nous confirme que nous pouvons rejoindre les hauteurs du village et la place principale en suivant cette voie insolite. C'est une chance car le cimetière n'est ouvert que quelques heures par jour pour les habitants. Main dans la main, nous montons lentement les nombreux degrés où s'étagent des tombeaux superposés. Les plaques de marbre blanc resplendissent au soleil ; bouquets et couronnes, comme des jardins suspendus, n'ont plus rien de mortuaire.

Dans la ruelle déserte où nous arrivons, un hôtel a disposé des tables au bord de la terrasse qui domine la mer, le gérant accepte malgré l'heure que nous prenions seulement un espresso, il nous offre des macarons. Plus loin, depuis les plates-bandes d'un minuscule jardin public, nous contemplons toute la baie de Naples. Soudain Jacques pointe du doigt un arc-en-ciel parmi les plus lumineux que j'aie jamais vus et je pousse un cri de saisissement. La courbe aux sept couleurs épouse les contours de la montagne et bascule dans la mer sous nos yeux ébahis, cadeau de bienvenue.

Nous n'avons pas retrouvé l'hôtel où nous avions étrenné le grand lit aux draps bien tendus sous le couvre-lit blanc, dès notre arrivée. La direction avait déposé, sur la table de chevet, un petit mot agrémenté d'un cœur doré, en guise de bénédiction : elle souhaitait un bon séjour aux jeunes mariés avec deux verres à pied et une bouteille de blanc mousseux. En nous jetant sur le lit, nous avions inventé un jeu, j'avais lancé « tu es MON mari », tu devais répondre : « tu es MA femme » et nous l'avions répété pour nous donner de nouveaux gages : un baiser, une caresse, que l'autre n'attendait pas ; nos corps ne nous étaient pas encore familiers et les formes du plaisir restaient à découvrir. Aucune photo ne rend compte de ces moments, mais ils furent bien réels et la beauté de ces jours reste gravée dans ma mémoire.

Jacques avait réservé un restaurant, il m'avait complimentée sur la robe de satin bleu qu'il avait vu glisser sur mes hanches en sortant de la douche. « Tu ressembles à cette actrice italienne, une brune explosive, avec qui Humphrey Bogart a tourné ici ! » J'avais fait semblant d'être vexée de la comparaison et il m'avait attirée et pressée contre lui pour me renverser dans un baiser de cinéma. Nous avions joué la rencontre de Humphrey et Gina sur le tournage du film de John Huston, « Beat the devil » et nous avions franchi la porte du restaurant au bras l'un de l'autre, habités de la langueur de cet après-midi. Jacques, très élégant dans son costume beige s'inclinait avec déférence pour me laisser entrer dans la salle la première et je pouffai de rire devant les convives que nous affections de croire médusés par tant de volupté en gros plan. Hollywodien !

Nous arrivons au Duomo et voici l'esplanade sur laquelle nous nous étions arrêtés pour immortaliser cet instant. Quelque chose que je sentais plus grand que moi, m'avait débordée et effrayée et je n'ai jamais osé en parler à Jacques. Un sentiment d'abandon quand il s'était éloigné, pour choisir son point de vue, m'avait envahie et projetée dans l'espace, soudain dilaté. Je prenais la pose et ce fut comme si j'étais hors de moi, surplombant la scène d'où Jacques allait disparaître si je fermais les yeux. *Prendre du recul*, l'expression me revient, celle que Jacques a employée croyant me souhaiter bon voyage.

Au bas des marches, Jacques me regarde : « Te souviens-tu d'Humphrey et de Gina ? »

— Oui, et d'un moment étrange, sur cet escalier.

— Je m'en suis rendu compte, je t'avais hélée plusieurs fois et finalement j'avais appuyé sur le déclencheur. J'aime beaucoup cette série de photos de toi.

— Une série ?

— Oui, il y en a plusieurs, ma préférée est celle où tu ne souris pas.

Jacques ne s'est jamais séparé de cette photo qu'il a prise de moi depuis le bas des marches de la basilique et qu'il conserve dans son portefeuille depuis tout ce temps. Il me fait la surprise de la ressortir :

— J'ai compris à cet instant, que nous partagions quelque chose d'une force inouïe.

— Moi, j'ai eu peur de t'avoir perdu à jamais.

— Pourtant ensuite nous sommes allés au marché aux poissons, tu regardais ces carrelets brillants, encore frétillants, avec un regard surpris, un regard d'enfant. J'étais bien certain d'être là, et c'était bien toi, avec quelque chose que j'ignorais encore de toi, comme si tu te montrais à moi sans réserve.

— J'étais épouvantée que les poissons meurent sous mes yeux et plus encore de trouver cela magnifique. J'ignorais ce que cela signifiait...

étions-nous déjà en train de nous détacher l'un de l'autre ?

— Je crois que ta vocation de peintre a commencé ici, à cet instant, et c'est ce que tu es venue chercher.

Nous avons rejoint les jardins de la Villa Rufolo, serrés l'un contre l'autre. Sur le banc où nous nous sommes assis, quelques grosses gouttes s'écrasent, nous restons nos visages levés vers le ciel, respirant l'odeur suave des camélias mêlée à celle des figuiers et des kakis, sous les baisers de la pluie. Un enfant court autour de nous, il nous ignore, essoufflé et heureux d'avoir intercepté son ballon sous nos pieds avant qu'il ne dévale la légère pente jusqu'à la balustrade au-dessus du vide.

Au retour par la route côtière Jacques reste très attentif en croisant les énormes cars de tourisme qui semblent foncer sur nous à chaque virage. Nous nous arrêtons pour que Jacques puisse s'approcher d'une arche rocheuse, visible depuis la chaussée. Il faut stationner la petite Fiat 500 contre la falaise et longer le muret qui surplombe le rivage d'une hauteur vertigineuse, au bout de la longue file de ces voitures mal garées. Je n'en mène pas large en l'attendant, pressée de reprendre le parcours magnifique qui passe au pied des villages, tous plus pittoresques, Amalfi, Positano, dont les maisons se tassent en grimpant à l'assaut des pentes.

Vingt ans auparavant, nous n'avions pas davantage pris la peine de nous y arrêter, nous avions préféré profiter jusqu'au bout de quatre jours à Ravello, seuls au milieu du paradis. En guise de circuit touristique, nous nous étions contentés des reproductions sur les murs de la salle de petit-déjeuner et dans notre chambre, je découvrais les œuvres de Luigi Paolillo dont j'ai appris plus tard que ses *vedute* de la côte étaient fameuses.

Nous avons quitté Ravello, reine et roi de Cocagne et nous laissons derrière nous son image de conte merveilleux. Laura Pausini chante La Solitudine et je retiens mon émotion en écoutant son refrain.

*La solitudine fra noi,*
*Questo silenzio dentro me*
*É l'inquietudine di vivere*
*La vita senza te*

Notre histoire recommence, le monde à nos pieds.

**25**

Nous sommes rentrés à temps pour les journées portes ouvertes. Maïa est la reine de la fête. Elle court d'un stand à l'autre, d'un groupe de visiteurs jusqu'au buffet installé au fond de la halle. Luigi est là, Jacques se présente dans cette ambiance de kermesse. Luigi se dit impressionné par ce qu'il voit. Il a aidé La FabriCa de ses conseils, de son réseau et des quelques soutiens financiers qu'il y a obtenus. Mais il ne s'en vante pas auprès de Jacques, c'est Laure qui me l'a confié en m'expliquant que Luigi avait beaucoup de sympathie, et même de tendresse pour Maïa. « Il n'a pas eu d'enfant, mais je ne crois pas que ce soit la seule raison. Elle l'a vraiment subjuguée. Il ne tarit pas d'éloges à son sujet, tu imagines à quel point j'en suis heureuse. »

Lorsque nous arrivons, elle me fait signe de loin et lance :

— Il était temps que vous rentriez, d'où revenez-vous, d'une escapade en amoureux ?

Je me penche à son oreille et nous échangeons à voix basse :

— Tu ne crois pas si bien dire, nous sommes retournés à Ravello.
— Ou tout a commencé !
— Et tout a recommencé !
— Oh, je suis heureuse pour toi.

Maïa surgit au moment où Laure me prend dans ses bras.

— Ah maman ! Qu'est-ce que vous faites dans ce petit coin, le discours du maire va commencer, vite. Marianne, viens, au passage je veux te montrer où nous avons placé la toile que tu nous as confiée.

Un adjoint au maire s'apprête à une allocution, « Ce sera bref... » mais les mots se confondent en un bourdonnement entêtant. Dans quelques jours nous allons repartir. J'ai décidé de reprendre le train avec Jacques. Je suis prête maintenant. J'ai fait ce que je devais à Naples, bientôt trois mois se seront écoulés, c'est long selon Jacques, et pour moi, ces quelques semaines ont été si pleines et si chahutées que je me demande si j'ai tout inventé.

Laure vit avec Luigi, elle apprend le napolitain, elle s'est passionnée pour ce qui n'est pas un simple dialecte mais une des langues encore vivantes parlées dans le monde, dont elle a découvert l'importance avec le nombre de locuteurs. Une page se tourne pour elle. Je découvre que c'est le cas pour Maïa qui m'annonce qu'elle va partir en Anatolie.

— Tu veux dire en Turquie ?

— Oui, Luigi lui a suggéré d'étudier l'anthropologie, elle s'est inscrite à l'université, ainsi elle pourra approfondir son engouement pour l'artisanat en allant dans des pays où les métiers traditionnels sont toujours pratiqués selon d'anciennes méthodes, il faut se hâter de les observer, de les consigner pour être certain de leur transmission.

Maïa a trouvé sa voie, explorer le monde entier. J'ai entendu parler d'un certain Miguel, qu'elle a rencontré à l'Université. Mais selon Laure c'est une histoire sans lendemain. « C'est un jeune espagnol, très sympathique, il est venu me rencontrer ainsi que Luigi avec qui il a une belle relation mais je crois que Maïa ne va pas s'arrêter à Naples. »

Maïa a à cœur de sauvegarder certaines coutumes et des savoir-faire napolitains. Il y a encore quelques ferronniers en ville, des fabricants d'objets en cuir, ceux qui créent des crèches monumentales ou qui fabriquent des marionnettes. Luigi l'aiguille pour faire sa tournée mais il insiste sur la nécessité de s'outiller si elle veut rendre compte, mesurer le rôle de ces traditions dans la vie quotidienne et les relations familiales ou l'économie, les préserver et les faire valoir. Nous finirons par tous utiliser les mêmes objets, venant de Chine ou d'ailleurs, produits industriellement, d'une durée de vie ridicule, à l'aune de leur réelle utilité, mais il a tellement de plaisir à servir l'eau dans une cruche que lui a laissée sa mère, et à vivre entouré de mobiliers et d'objets qui ont une histoire. D'ailleurs il a proposé qu'avant de partir nous allions faire un tour à la brocante. Nous n'avons pas oublié notre promesse à Rossella de compléter le matériel de l'appartement.

Je demandai à Laure s'il était passéiste ou nostalgique mais elle m'a rétorqué qu'il était tout à fait en prise avec son époque, en tant qu'architecte, il doit composer tous les jours avec des contraintes, il construit avec des matériaux et des techniques modernes mais il a le souci de promouvoir, au-delà de l'utilité et du confort, une certaine idée du bien-être humain. Lui aussi considère qu'il fait un métier artisanal et il aime être entouré de belles choses, vivre dans des murs aux proportions harmonieuses, dans des espaces qui préservent l'accès à la lumière et ménage le silence. Et il veut les rendre accessibles au plus grand nombre.

Je ne sais quoi en penser mais pour Laure sa vie est désormais ici à Naples avec Luigi.

Maïa repasse devant nous, de plus en plus échevelée, son exaltation suffit à gommer les signes de fatigue qu'elle partage avec Sofia. J'ai salué de loin Sandro qui anime un atelier de tapisserie au milieu d'un petit groupe attentif.

Le clou de l'exposition est bien sûr l'installation des structures géantes de bois flotté comme un écrin devant lesquelles posent les jeunes béninois, tout sourire, pour lesquels la Fabrica a réussi à obtenir des visas de séjour. Ils pourront participer à de prochaines expositions.

J'ai perdu Jacques de vue, cela me rend nerveuse et je m'éloigne des visiteurs pour ne plus entendre leurs commentaires devant mon tableau car je n'aime ni les compliments ni les critiques qui ne sont pas argumentées.

— Ce n'est pas vraiment figuratif !
— Moi, je n'aime pas trop le choix de couleurs, on ne sait pas ce qu'on voit...
— C'est impressionniste, c'est pour ça.
— Moi, ça me fait plutôt penser à Matisse ou Gauguin.

— C'est un homme ou une femme qui l'a peint ?
— Quelle importance ?

Maïa m'a fait part des avis de ses amis, des occupants de La FabriCa : « Ils aiment les à-plats de couleurs vives, les superpositions de craie et d'huile, qui donnent de l'épaisseur à ton sujet, au sens propre comme au figuré ! Certains préfèrent des créations plus épurées, d'autres ont adoré la puissance évocatrice de ton tableau ; ils aimeraient que tu en présentes d'autres, c'est difficile d'apprécier ton travail à partir d'un seul exemple, même s'il est convaincant. »

Elle m'a rapporté que Bernardo serait enchanté de cohabiter dans l'espace avec moi. J'en suis touchée car je n'ai jamais eu l'occasion de discuter avec lui de son travail et j'apprécie beaucoup ses odalisques napolitaines, des femmes bien en chair, aux chevelures abondantes et toujours « habillées » d'un ou deux accessoires luxueux, un peigne, un châle, un éventail, négociés chez d'anciens costumiers de théâtre.

« J'aimerais que tu fasses nos portraits, je verrais bien Luigi en Pulcinella et Laure en sirène. » Elle me fait rire. Je n'ai jamais peint de portraits : « Et toi, tu te vois comment ? »

— Je ne sais pas, je te fais confiance.
— Mais Maïa, je repars dans quelques jours.
— Alors, ça y est, Jacques a réussi à t'enlever !
— Il y a longtemps que Jacques m'a enlevée et j'ai décidé de rentrer avec lui, et ce n'est qu'une dizaine de jours avant ce que nous avions prévu.
— Je n'ai rien à dire, puisque je rentrerai plus tard... un jour.

Je ne veux pas pleurer, il est temps de rentrer chez moi pour prendre la mesure de tous ces changements. Manches retroussées, m'emparer de mes pinceaux, les tremper dans les couleurs, me mettre à la tâche et qu'importe ce qui en ressortira. Faire et refaire, jusqu'au bout, jusqu'à n'en plus pouvoir, ne plus savoir quel est le bout. La fin est la butée de ce que je peux faire, rien de plus, rien de mieux. « Ensuite tu n'as plus qu'à signer, n'oublie pas ! » avait déjà insisté Maïa en me voyant hésitante.

Nous rentrons en silence, Jacques ne veut pas trop manifester son entrain alors qu'il sent que je suis triste de quitter Naples, où tant de choses se sont passées, pour moi, pour nous. Dans tout changement, on gagne quelque chose, on perd aussi, et ce n'est pas renoncer, c'est choisir. Les enfants savent cela très bien, pour qui c'est trop difficile puisqu'ils veulent « tout ».

Je lève les yeux sur la colline où de magnifiques terrasses surplombent les quartiers de Chiaia et Mergellina, leurs fenêtres éclairées clignent de leurs yeux de hiboux tandis que tout en bas, on pâtit des odeurs de moisi, de la lumière électrique en plein jour dans les cuisines et les salles de bains aveugles. Dans certains quartiers il faut encore monter ses courses dans les *salite* aux pentes sévères et partager les trottoirs avec les scooters mal garés. La cour retentit de la radio de la voisine et des voix des familles qui gardent les fenêtres ouvertes pour laisser pénétrer un peu d'air, même saturé d'humidité. À 21 heures, la plupart des gens veulent profiter des derniers éclats de jour. Dans cette ville trop peuplée, ils vivent dans des ruelles sombres car les appartements s'empilent sur des étages et l'immeuble en face est tout proche. On apprend à vivre ensemble.

    Je quitterai Naples sur cette image contrastée, de quoi nourrir ma peinture, encore et encore.

**26**

« Qu'est ce qui te fait sourire ? » Je ne réponds pas à Jacques. Dans le train qui nous ramène à la maison, je déguste les paysages. Ont-ils changé ou est-ce moi ? Je scrute mon visage dans le reflet de la vitre, je pense à nos fils, au plaisir que j'imagine partager en leur offrant de menus trésors glanés pour chacun d'eux. *Thomas, Charles et Victor, allez-vous reconnaître votre mère ? J'ai grandi moi aussi.*

Je laisse Dieu à Naples où j'ai repris mon désir. Mes prières s'adressent désormais à l'univers. J'emporte trois mille ans de notre humanité et plus rien ne presse. Emplir sa vie, la rendre bonne, ce n'est pas seulement donner du sens à ce qu'on fait déjà, c'est le percevoir dans la beauté de ce qui nous entoure, où qu'on soit. L'amour est partout et il est infini. Il est à Naples, où je suis venue le rattraper, au milieu de la terre et du ciel, dans un recoin de Méditerranée à la fois minuscule et incommensurable, caché dans la Baie où elle est la *Tyrrhénienne*, sauvage et complice des frasques du Vésuve. Et lui ? Qui sait quand il s'ébrouera de nouveau, crachant des hoquets de lave ou éructant une colère homérique de feu et de cendres ?

Je veux rendre les impressions folles que j'ai emmagasinées, rendre compte, rendre grâce, peindre sans relâche, sans autre jugement que l'œil du spectateur. Je vais ouvrir mon atelier, je montrerai ce que je fais.

L'éblouissement. Comme un flash photographique qui inonde de sa lumière et révèle l'image en l'illuminant alors qu'il aveugle. Je veux tout peindre, de mémoire. Le soleil violent, blanc de rage, faisant fondre les couleurs en lumière crue, les emportant dans la nuit noire à qui il cède la place. Noirceur, malheur, l'envers du décor, tous les possibles s'exposent sans retenue à Naples, il suffit d'oser, s'engager dans le labyrinthe, jusqu'à la sortie. Retenir l'essentiel, dans l'instant choisi où il se produit, à l'endroit où je suis en accord avec moi, au milieu du temps infini, de l'espace mouvant.

Je regarde Jacques, je sais où est ma vie. Le train file dans le paysage dont je ne veux rien perdre. Les prés, les villages, les quais de gare ont pris toutes les couleurs de Naples, les plus brillantes, les plus vives. Je m'y plonge, à m'y perdre, avec délices.

Je suis heureuse de laisser Laure entre les mains de Luigi, que je devine sensibles et patientes, dans ses bras puissants et protecteurs. Je perçois dans leur relation beaucoup plus qu'un regain de passion tardive, mais une très profonde entente, un accord sur ce qui vient de leur passé, un ancrage. Naples est l'écrin de hasard et le port d'attache où continuer d'écrire le récit de sa vie, la relier à son histoire, s'épanouir.

Maïa, elle, est de passage, elle aime les traces légères ou ne pas en laisser du tout. Question d'âge ? Elle sait le poids du passé, mais qu'il ne faut pas se contenter de le subir, elle comprend aussi la valeur d'une culture ancestrale et qu'il faut la chérir et la conserver, elle fera son miel de tout ce qu'elle va rencontrer ailleurs et le tri, plus tard.

Laure, Maïa, je croyais vous complaire en venant à Naples, comme avant quand je suivais Laure dans tout ce qu'elle proposait et là, dans ce que m'offrait Maïa de sa jeunesse aventureuse. Imiter. C'est se limiter. Un aveuglement, qui n'a rien de désintéressé. Je voulais être appréciée, distinguée, aimée ; que mes fils n'aient rien à me reprocher, en mère admirable ; que Jacques soit content de moi, sa bonne épouse. Dire que je me suis crue altruiste, dévouée ! Mais ceux que j'aime ne m'ont jamais demandé autant. Et ils m'ont donné beaucoup plus.

Laure m'a applaudie car j'ai réussi à saisir les couleurs de Naples. Devant ce tableau, que je lui ai offert avant de partir, sa voix s'est étranglée, avec des larmes aux yeux : « Je ne sais pas dire pourquoi, mais c'est beau. » Quel meilleur compliment ? Luigi était ému : « Nous allons nous revoir, je viendrai en France avec Laure. » C'était une vraie promesse de la part d'un napolitain invétéré et une reconnaissance, pour Laure et moi, de ce que représentait ce départ. Nous nous sommes embrassées longuement.

J'ai dit au revoir à Naples, Naples la courageuse, dont le négligé n'est que le reflet et l'acceptation de notre fragilité humaine ; sa simplicité, un témoignage de la nécessité de la solidarité ; sa vitalité naturelle, un combat quotidien. Les touristes n'ont qu'à bien se tenir, accepter le sort qui leur est fait : « Vous n'aurez pas davantage, sachez profiter de ce qui vous est offert, mais pliez-vous à nos usages, nous ne céderons pas à vos attentes, à vos rêves figés de perfection ».

Naples la sensuelle, explosion de sensations et puissance des sentiments qu'elle éveille et fait s'épanouir en harmonie des couleurs, du blanc infini quand elles se mélangent, au noir absolu quand elles se superposent. On la touche des yeux, on la respire avec le cœur, on la goûte par tous les pores de la peau, on y entend le bruit de la vie.

Naples, la créatrice, l'invention du présent sur les ruines et les traces, comme un tapis de songes prémonitoires. Elle avance sans oublier plus qu'il ne faut, presque rien, mais sans s'encombrer de l'indésirable pesanteur de la rage, de la rancœur, de l'amertume. Surtout lorsqu'elles sont des héritages imposés.

Je ne désire plus que cela, fixer de toutes mes forces sur une toile, le kaléidoscope permanent de cette ville où tout a changé pour moi. Sandro, Sofia, je vous laisse ici, vous accomplissez votre dessein, le mien m'attend ; vous qui croyez en la vie, qui ne ménagez pas vos efforts, sans rien attendre en retour, et vous tous, venus de plus loin, appliquez-vous à montrer ce que vous savez faire, de vos mains, de vos regards, de votre précieux enthousiasme et votre foi en l'homme. Tous étrangers les uns aux autres nous avons pourtant un point commun : le temps nous manque pour cultiver toutes nos possibilités et nous arracher à ce qui nous empêche. Seuls nous ne sommes rien, et rien ne nous protège contre notre fragilité et la difficulté d'être. Notre besoin de rapprochement est immense, la curiosité nécessaire pour parcourir nos appartenances successives, creuser la compréhension de ce qui nous limite, éprouver notre continuité dans les liens qui nous construisent petit à petit, et nous aident à rester vivants, le regard tourné vers la beauté. Être n'est pas se contenter d'exister.

Jacques a pris ma main et l'a serrée dans la sienne, j'ai tressailli. Je suis celle qui persiste dans le regard que je veux désormais porter sur ce qui m'entoure. Le bonheur a pour noms désir, justesse, présence. Je souris.

Nous rentrons chez nous, mon amour.

## V

*Dans la cour de l'école, l'enfance crue, drue, brute.*
*Regard aiguisé et sans crainte. Diamant pur.*
*Cœur battant sans conscience. Vivant.*
*Le cercle horizontal des filles se refermait.*
*On entrait dans le cercle vertical de la corde*
*et du vide, du temps infini.*
*Les enfants jouent, ils courent, rient, crient, pleurent.*
*Rythmes, marques, cadences.*
*Ils se mesurent au monde et aux autres,*
*minuscules et immenses dans l'espace de jeu*
*sans bornes.*
*Ils savent, ils voient, ils croient, de ce regard émerveillé*
*qui rend tout magique et vrai.*

**Glossaire**

*cornicelli, p. 100* singulier cornicello : objet utilisé comme bijou porte-bonheur ; petite corne qui représente la corne du diable, ou le phallus de priape... ou un piment, rouge, fabriqué en bois, en corail, et qu'il est de tradition de l'offrir.

*Faraglioni, p. 78* : ces rochers qui sortent de la mer devant Capri sont des stacks, éperons formés par l'érosion marine, parfois dus à l'effondrement d'une arche naturelle.

*kôan,* p. 71, courte expression d'un maître zen, énigm que le disciple doit méditer.

*lapilli* et *nuées ardentes, p. 110* : le Vésuve est un stratovolcan dont la plupart des éruptions dites pliniennes (décrites par Pline le jeune), sont explosives : les jets de pierre à des hauteurs de plusieurs centaines de mètres qu'accompagnent des nuages de gaz et cendres brûlantes, qui peuvent obscurcir le ciel sur des kilomètres. À Pompéi, ces deux phénomènes ont produit une épaisseur de matière volcanique de plusieurs mètres qui a recouvert la ville et ses environs pendant dix-sept siècles. La ville moderne a recouvert les vestiges.

*principe della risata, p. 41* : prince du rire, un des « titres de noblesse » que l'on donnait à Antonio de Curtis, allias *Totò*.

*Pulcinella,* p. 39 : Pulecenella en napolitain ou Polichinelle est un personnage essentiel de la Comedia dell'arte et surtout de la mythologie napolitaine. Mi-homme, mi-femme, mi-oiseau, avec son nez en forme de bec, et sa bosse ventrale qui produit des œufs.

*Quattro Giornate, p. 109* : du 27 au 30 septembre 1943, les Napolitains ont pris les armes pour aider les alliés, américains et français à chasser les occupants allemands.

*Real bosco*, p. 23 : parc dans le prolongement des jardins qui entourent le Château de Capodimonte, aujourd'hui musée national.

*scugnizzi*, p. 90 : les « poulbots » de Naples.

*vedute, p. 97 et 138* : paysages

**Petit dictionnaire culinaire :**

*acciughe* : les anchois, en salade, en tartine et sur la pizza.
*babà al limoncello :* le babà au soleil de Sorrente.
*cioccolata* : le chocolat se boit très épais, crémeux.
*friarielli :* nulle part ailleurs qu'à Naples, ces brocolis en feuilles, braisés.
*graffa* : beignet fourré ou non de crème.
*melanzane* : les aubergines se mangent sous toutes les formes, en gratin, à la tomate, etc.
*migliaccio al limone* : un gâteau à la semoule et au citron.
*nocino :* le vin de noix.
*pasta e fagioli* : les pâtes, courtes de préférence, aux haricots blancs
*polpette al ragù* : boulettes noyées dans une sauce à la viande.
*pomodori* : les petites tomates en grappe du Vésuve, pomodorini del piennolo
*provolone, burrata, pecorino, scamorza* : tous ces fromages ont du goût.
*scugnizzo* : le « poulbot » napolitain.
*torta caprese* : un gâteau bien riche, au chocolat et aux amandes
*zucca* : courge.

**Avec les chansons :**

*Capri,* d'Hervé Vilar
*Malafemmena*, de Antonio de Curtis
*Dove sta zaza*, de Raffaele Cutolo et Giuseppe Cioffi
*La solitudine*, de Laura Pausini